迪拜公主的秘密情人(繁體字版)

Love in Dubai (A novel in traditional Chinese characters)

B杜

British Library Cataloguing-in-Publication Data. A CIP catalogue record for this book is available from the British Library.

ISBN 978-1-913080-61-7 (ebook)
ISBN 978-1-913080-60-0 (print)

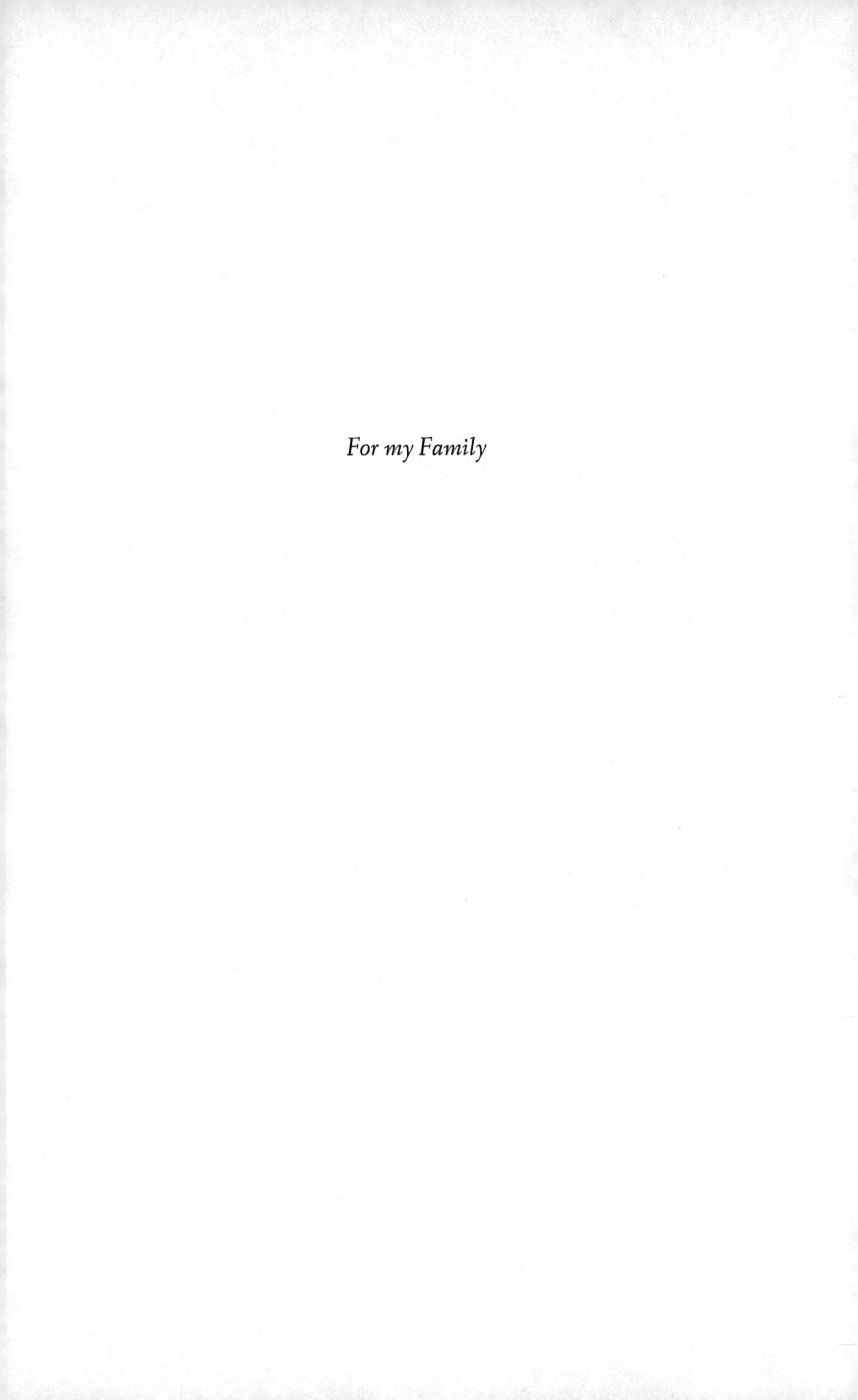

For my Family

第一章/蘇青青

今天我無意間刷到一個帖子，一位小女生說她從小就喜歡看CCTV的《探索•發現》頻道，對神秘的古國及地底墓穴心生嚮往，如今也到了報考大學的時候，她問廣大的網友：" 學習考古專業會不會是一個太過浪漫而不切實際的選擇？"

此時的我手裏拿著一個蘋果，正咔嗞咔嗞地咬，一看有個不知死活的小紅帽正往森林裏衝，立馬扔下手中咬到一半的蘋果（還差點兒擊中家裏的長耳朵柯基），啪啪啪地打起字來。

如果樓主真的"熱愛"考古，投身其中無可厚非，但就樓主的情況來看，明顯對考古不夠了解，只憑一腔熱血就想上前擁抱，這是極其危險的事。好比妳對一個神秘男生產生興趣，這時妳應該做的是繼續深入了解，而不是立刻跟他私奔，那樣做只會痛心疾首、追悔莫及……

發送完畢，我起身到冰箱又取了個蘋果，洗淨後回到房間，發現我的回覆底下已經築起萬丈高樓。

一樓是樓主砌的，她問我讀的是不是考古系？如果是，現在後悔嗎？

二樓是個網名為"不怕死的貓星人"砌的，她同意我的看法，當初就是眼瞎才會選擇這個不好就業的專業，經過兩年閒賦在家的日子後，她現在正在某個倉庫裏待著，手裏拿著餓不死人的薪水。

三樓是個網名為"聖戰士"砌的，他說我太危言聳聽了，考古系根本沒那麼可怕。話說回來，這個社會不是單一的，它需要各方面的人才，好比考古學家李濟、斐文中、郭沫若……等，他們為國家做出巨大的貢獻，應驗了那句話—是金子總會發光。

四樓是……

我邊啃蘋果邊瀏覽了一遍，贊成票和反對票大致打成平手。

"其實他們都誤會我了，我就是那個對考古一見鍾情並且攜手私奔的人。"

"汪汪！"

"再告訴你，我的很多同學都已經後悔了，但不包括我，我是異類，喜歡的東西跟別人不一樣。"

長耳朵柯基聽完興奮地原地打轉，它知道我喜歡它，即使它是隻奇怪的串串狗，有柯基的小短腿和吉娃娃的長耳朵。

"姐，妳回來了，我還以為是小偷呢！"

說話的是我的親妹妹—蘇暖暖。

"妳看過臉這麼黑的小偷嗎？"我問，然後把蘋果核空投至房間角落的垃圾桶內。

"說的也是，"她摸了一下我的頭髮，"誰剪的？狗啃了似。"

我答我剪的，這次的北疆行實在太刻苦了，三十幾天沒洗過一次澡，頭都長頭蝨了，不得不剪，結果剪完頭髮的那個夜裏，我哭了一整晚……

"這肯定是假的，蘇青青怎麼可能哭？"

"是呀！我是無敵鐵金剛，怎麼可能哭？"我苦笑著，"媽呢？"

"大概買菜去了。"她像想起什麼似的，"告訴妳，媽和爸又開打了，小心被颱風尾巴掃到。"

打從有記憶以來，我父母便三天一小吵，五天一大吵，感情破裂成這樣，也不怕我和暖暖心裏有陰影。

我曾暗示母親離婚，她又反過頭來說父親對她種種的好。

"如果他真這麼好，妳吵個啥？"我問。

"還不是老問題，"母親嘆了口氣，"如果妳或暖暖是個男的就好了，妳父親也不致於被鄰里取笑，甚至到現在還有二心，總想找個姑娘替他生個帶把的，這個老不修！"

如果有原罪，"不是個男的"便是我的原罪，它像個緊箍兒，時時提醒著我的不完美。

暖暖倒好，雖然也是個女的，母親好像很少向她訴苦，部分原因是生完二胎後，母親的子宮便因故摘除，暖暖成了最後一件小棉襖。老么總是惹人疼，想當然爾，母親把所有的溫柔都給了她，對身為老大的我則"恨鐵不成鋼"，久而久之，我真的陽剛起來，不僅剪了個男生頭，連裙子也全給了妹妹。

外在的改變在我看來是件極其普通的事，實則不然。過了一個暑假回到學校，也許因為個兒抽高，頭髮剪短，加上帥氣的舉止（我已經分不清是刻意為之還是渾然天成），我竟然成了風雲人物，身邊總有女孩圍繞，和往日的不鹹不淡比，受歡迎的程度堪比黃袍加身。

老實說我挺享受這種被人追捧的感覺，在我家，我像個可有可無的人，父親對我太寡言，母親又太喋喋不休（多半是抱怨，彷彿全世界的不幸都給了她），哪像在學校，女孩們對我好極了，給我買零食，還不介意讓我分享她們的愛心便當。不諱言地說，我就像個兒皇帝，連考個試也有人主動幫我Pass。

"說！這紙條是怎麼回事？"數學老師眼露凶光地問。

"我也不清楚，它就忽然出現在我桌上，早知道我就不當著妳的面打開。"

那次的數學期末考試難如登天，搞不懂出題老師為什麼總以打擊學生的自信心為樂。當我正搜索枯腸時，一張小紙條從天而降，我一轉頭，班上的學霸郭美芳衝著我微笑，她是老師眼中的好學生，從不惹麻煩，只會坐在角落安靜地看書。

"妳這是睜眼說瞎話！還有，"老師戳了戳我的短髮，"這是什麼髮型？男不男，女不女的，別以為我不知道妳的葫蘆裏賣什麼藥。"

"妳倒是告訴我究竟賣的什麼藥呀！"我說。

此時有個男聲響起："春藥。"

話聲甫歇，引來哄堂大笑。

老師憤怒極了，隨手甩給我一個大耳光。

我被打得眼冒金星，憤怒之心也油然而生。

"為什麼打我？"我站起來質問。

"打妳就打妳，還得挑日子？不信我再打妳！"

"妳打我試試。"

我没等老師給我第二個耳光，直接將她擊倒在地。

"造反了，蘇青青，這次妳若退不了學，我就不姓方！"

方老師果然還姓方，我被迫轉學到二十公里以外的另一所中學。由於"劣跡斑斑"，加上不小心跌倒，眼角縫了幾針，替我的傳奇故事又添加一筆神秘色彩，我很快便擄掠全校女同學的心，甚至還有粉絲遠道來訪。

實話告訴你，每當放學，校門口彷彿是我個人的星光大道，尖叫聲及拍照聲不絕於耳，而我早已麻木，匆匆而過。

第二章/小河公主

從小我就喜歡閱讀稗官野史，一直以來的想法很簡單，將來考進一所好點兒的大學讀歷史系，畢業後找一份教職，然後平淡地了此一生。事情的轉折和那個發帖女孩一樣，考完高考的某天，我打開電視看CCTV的《探索•發現》頻道，因此觸動內心裏的那根弦。當時節目正介紹小河公主，她是中國考古學家於2003年在新疆羅布泊發掘出來的一具女性乾屍，雖然經歷了四千年，但屍體保存完好，面部笑容清晰可見，因為是在小河遺址發掘到，所以被命名為"小河公主"。

然而，這並不是"小河公主"第一次被命名。事實上，她最早被瑞典考古學家貝格曼稱為"微笑公主"，從他對她的如下描述當中可知緣由：身著高貴的衣裳，深色的長髮上戴著一頂裝飾有紅色帶子的尖頂氈帽。她的雙目微闔，好像剛剛入睡一般，漂亮的鷹勾鼻、微張的薄唇與露出的牙齒……為後人留下一個永恆的微笑。

說不上為什麼，當我在電視上看到"公主"時，整個人驚呆了，她是那樣美，美得攝人心魄。

實話告訴你，接下來的幾天我過得渾渾噩噩，滿腦子都是伊人的面容，更令人驚奇的是，幻覺裏的她有一雙像海一樣藍的眼睛（我以爲西域人種應該都是褐眼）。

幾天後，母親聽說我填寫的志願是個冷門中的大冷門，氣不打一處來。

"妳知道考古是幹嘛的嗎？那是挖死人墳墓的，多晦氣！"她說。

連一向對我冷淡的父親也表示那是找不到工作的專業，與其白白浪費四年的時間和金錢，倒不如到工廠當女工，勤快點兒，四年後也許能當上領班。

我清了清喉嚨，告訴他們挖死人墳墓的叫盜墓賊，和考古隊是不同的，後者挖出來的東西不能中飽私囊，而是上交給國家（這聽起來靠譜多了）。至於就業……是有那麼點兒難就業，但小眾也有小眾的好處呀！代表競爭少，如果不能在高校或者科研單位謀得一職，起碼還能到博物館、古玩店或拍賣行工作。

此時父母的臉色稍有好轉，誰知我妹"適時"扯我後腿。

"姐，我知道那所大學，等妳考上，我去找妳，記得帶我吃朝鮮冷麵和打糕哦！"

母親如臨大敵，問我填的是哪所？當得知是東北某個没名氣的大學時，她的火氣又上來了。

"妳怎麼不填北大？北大也有考古系。"她質問。

這不是填不填的問題，而是人家壓根兒没看上我。

母親答不行！這事不能任由我胡來，馬上更改志願，她覺得師範大學不錯，畢業後當老師，多好！

"晚了，我已經提交，而且志願只填一個。"我衝口而出。

當時我媽正在煮飯，拿起菜刀就撲上來，我連跑三條街才甩掉那個瘋女人。

你若問我為什麼非得上這所大學不可？我也知道提供考古專業的大學不止一所，但看來看去只有這所偏重"邊疆考古"，剛好符合我的需求—藉著邊疆考古的名義接近我朝思暮想的女神。

結果三年下來事與願違，老師帶我們去的都是一些窮山惡水的地方，一個月洗不上一次澡也不是什麼新鮮事，最可怕的是來大姨媽，要多慘有多慘。每當這時候，我總恨不得自己是個男的，可以站著如廁，每個月也不會無緣無故失血好幾天。

說到下田野（考古調查與發掘），邊疆地區大多是石封堆墓，沒法兒採用封土揭取方式，只能靠人力來搬，那些石塊小則十幾斤，大則數十斤，每搬一層石頭都要繪圖記錄，所以石封堆墓的揭取經常要耗時一至兩個月。去年暑假的下田野便是這樣的一場惡夢，我每天頂著烈日練肱二頭肌，回到家連家裏的長耳朵柯基都認不出我來（我妹說得好，我像極了一根行走的紫米血腸）。

眼看三年過去了，我離"小河公主"還是那麼遙遠（她的本尊在新疆考古研究所，不對外開放，只有專門的人員才能一睹芳容），於是我分別請教了學長姐及論文指導老師："如何才能進入新疆考古研究所？"

答案很一致，那就是當上那裏的研究員，意思是起碼得讀個碩士或博士才有資格競爭。

這對我來說太難了，於是我退而求其次，改問什麼時候能看"小河公主"一眼？

老師雖然感佩我的執著，但仍給出客氣而不失禮貌的打擊："小河公主是國寶，出土後的潮濕空氣對她是種傷害，目前她被很好地保護起來，只有極少數的人才有機會見上一面。"

這還算是比較和善且可靠的回答，至於學校那些一知半解的同學們，給出的答案就天馬行空了。有的說每十年公主會出訪一次，也許是美國紐約，也可能是南半球澳大利亞，我就乖乖等著；有的還說真正的小河公主早就在運輸途中化為白骨，即使我有幸目睹，那也只是個仿品；有的甚至建議我賄賂當班的保安，也許能偷偷溜進去，只是當夜深人靜，館內空無一人時，那景象說有多恐怖就有多恐怖……

綜合以上說法，想親眼目睹"小河公主"的機會微乎其微，我不免心灰意冷，直到老師詢問有没有人志願到北疆當苦力時，才又重新點燃我的希望之火。

"我去！"我不假思索便舉手了。

通常會用到"志願"二字，代表不會是好事，但我管不了那麼多，因為新疆考古研究所在烏魯木齊，烏魯木齊在北疆，換言之，這是個近距離接觸公主的機會，我怎能錯過？

然而我的一腔熱血卻在老師那裏遇冷。

"呃……謝謝蘇青青女同志的熱心，但北疆的環境險惡，我更希望男同志響應。"

話一說完，班上的五位男丁集體沈默（是的，考古系陰盛陽衰，雖然這明明是個極需體力活的專業）。

老師很尷尬，表示如果真是這樣，那也只好抽籤決定，畢竟現在只有一位志願者，名額還需要兩位……

"老師，我去！"廖靜薇舉手。

"老師，我也去！"

"我去！"、"我去！"、"我去！"……

面對空前盛況，老師一時傻眼，最後抽籤選中廖靜薇及馮明玉跟著我一起跳火坑。

為什麼說"火"坑？新疆的最熱月在七月，為了避開火球，我們選擇在清明節出發，預計五月中旬回來，剛好來得及準備答辯。然而人算不如天算，雖然四月份的天氣最宜人，但我們去的是阿拉爾，屬於"暖溫帶極端大陸性乾旱荒漠氣候"（光看這個描述就知道必是慘絕人寰），果然白天像個大蒸籠，我的衣服就從來沒乾過；夜晚則驟降到五度C，即使把帶來的外套及秋衣秋褲全穿上，躲在棉被裏依然瑟瑟發抖。

除了天氣嚴峻外，其他也好不到哪裏去。瞧！白天累死累活，太陽下山後連個冷水澡也洗不上（遑論熱水）；再說伙食，比看守所還不如，通常就一個菜，不是土豆炒肉絲就是肉絲炒土豆，再不然就是奶子麵條。還有，請來的民工一言難盡，下工不是抽煙、喝酒、打牌，就是沒完沒了地講黃段子，有些色鬼還會仗著酒意調戲起女學生。

這一天，馮明玉哭哭啼啼地向我告狀，我才知道她被欺負了。

"喂！你們哪個殺千刀的敢欺負我妹？"我挺身而出，馮明玉則像隻小雞似地躲在我身後。

民工們紛紛發出曖昧的笑聲，同時將目光打在熱合曼身上。

我走過去，居高臨下地問："是你對我妹毛手毛腳？用的是哪隻手？"

熱合曼慢吞吞地站起來，他的鼻子發紅，眼睛也是紅的，全身散發著酒氣。

"那個......"他伸出右手。

我三兩下便廢了他的右手，慘叫聲不絕於耳。

"聽著，"我轉向那些嚇壞了的民工，"你們誰敢欺負這裏的女人，下場就跟他一樣！"

此時的熱合曼摀著右手縮成一團。

噢！忘了提，在阿拉爾做苦工的學生不止我們仨，尚包括他校。我校女生就不說了，她們早耳聞我的事蹟，所以見怪不怪，但他校女生卻是頭一回見識到我的膽量和魄力，個個嚇得目瞪口呆。

老實說，自從打過老師之後，我就什麼都不怕了，加上平時有健身的習慣，打起架來從未輸過（至少目前為止是）。我也不認為自己打人有錯，因為每次動拳頭都是對方咎由自取，該打！

然而在我看來天經地義的一件事，到了同行女生的眼裏卻有不一樣的解讀。是的，我成了一束光，照亮她們枯燥且艱辛的沙漠生活，這感覺很奇怪，我一方面享受她們所傳遞過來的關愛眼神，一方面又抗拒，因為我知道她們都不是我的公主，而唯一讓我怦然心動的卻是一具千年女屍，我真他媽的……太難了！

第三章/失之交臂

阿拉爾，維吾爾語的意思是"綠色的小島"，它位於塔克拉瑪干沙漠的西北邊緣，有條河流（塔里木河）穿行而過，由於歷史上曾多次改道，逐水草而居的遠古人類不得不跟著遷徙，以致留下許多歷史遺跡……

為什麼我和其他考古系學生會千里迢迢來到這個鳥不生蛋的地方？那是因為阿拉爾發現了古墓群，除了文物和農作物出土外，還發現了一具巨人古屍（身長2.3米，比姚明還高），專家認為他很可能是羌族的祖先。

我們這些菜鳥當然是不可能接觸巨人，所做的無非是把各種各樣的碎陶片找出來拼湊以及收集鄰近住戶家裏的"古董"作為佐證，角色相當於打雜，但地位比民工高，畢竟他們只負責出賣勞力，連圖都繪不了。

不瞞你說，在阿拉爾的一個半月裏，我每天都在反省自己是不是腦殼壞了才會選讀考古系？別人的大學生活多麼愜意，我何苦住工棚、吃豬食，全身還癢得難受？

“我他媽的真是受夠了！這次回去就換專業，哪怕已經大四，哪怕再過兩個月就可以畢業，我非換不可！”我憤恨地說。

“妳確定要換？”廖靜薇推一推她的眼鏡，“去年在河南開封，妳也這麼說過。”

我記起來了，當時開封啟動“城摞城”遺址發掘項目，我們幾名學生被派去當下手，雖然只有短短二十多天，但不幸遇上幾十年來難得一見的強降雨，屋外電閃雷鳴、狂風大作、暴雨傾盆，屋內也不太平，我發著高燒，頭痛欲裂，當時是真的想放棄，但是回去以後我又好了傷疤忘了疼，繼續將錯誤進行到底。

“我說過？怎麼我只記得去年妳用薰衣草香味的洗衣粉洗我的衣服？”我說。

“妳還記得？”她的臉頰出現兩朵紅暈，“這次我用的是百合香味的，不知妳喜不喜歡。”

“當然喜歡，這裏的水源不足，跟住戶要水肯定得好話說盡，辛苦妳了。”

“不辛苦，我喜歡妳身上衣服的味道跟我的一模一樣。”

記得第一次下田野時，我的髒衣服總會不翼而飛，隔天又整整齊齊地堆放在床頭。當時以為是當地政府提供了洗衣服務（簡直想太多了），直到我留意到別的同學穿得比犀利哥還犀利，我才驚覺自己被人寵愛著。

再講伙食，没有一次下田野能吃得好，但我不一樣，正餐不足，副餐來湊，泡麵、辣條、餅乾、薯片、軟飲……任我選擇。由於大巴有行李限制，每個人只能帶上一大一小兩件行李，換言之，為了讓我飽腹，“女孩們”精簡了個人用品，這種犧牲小我的精神怎不讓我感動？

接著講住宿，通常我們住的是大通舖，這次的北疆行當然也不例外。

"Pachinko，後天就回去了，妳有什麼計劃？"

說話的是B大的學生，長得有點兒像日本演員廣末涼子，很古靈精怪的樣子。Pachinko的綽號是她幫我取的，因為我的名字裏有個"青"字，讓她聯想到日本盛行的彈珠遊戲機—柏青哥（日語發音便是Pachinko）。

"我想到烏魯木齊走走，領隊答應我了。"我答。

"這麼說妳不跟我們一起回去，那多沒意思！"馮明玉說。

"反正車上有小順子，他挺逗的。"

話一說完，"女孩們"集體吐槽，紛紛表示小順子就是個丑角，每次都企圖幽默失敗，讓人尷尬癌都犯了。

"沒那麼誇張啦！"我說。

"Pachinko，"沒想到馮明玉也這麼叫我，"妳去烏魯木齊幹嘛？我也一起去行不？"

"不，不行，妳不能跟去，我……我有重要的事待辦，得單獨行動。"

這個重要的事無他，就是跑到考古研究所碰碰運氣，對我來說，這是北疆行的唯一目的。

當燈熄了之後，我們12名女生統一上床，廖靜薇和"廣末涼子"動作快，分別躺在我的左右兩側。

沒過幾分鐘，打呼聲此起彼落，同樣進行的還有一隻不安份的手，它正緩緩地爬上我的小腹。我將它輕輕推開，接著聞到一縷髮香，和我衣服上的香味一模一樣。

莫非廖靜薇用洗衣粉洗頭？

我把搭在肩膀上的秀髮移開，然後睜眼看著腐朽的屋頂橫樑發呆，心想當鴨子誤入雞群時一定是特別的無奈與無助……

～

"為什麼？"我怒髮衝冠，"你明明答應我了。"

那個長相斯文的領隊表示他是答應我了，但今天有五位女生也請求放行，他能怎麼辦？萬一有個差池，他要如何向學校和家長們交待？

"如果……如果我負責讓她們都別跟去，這事還有轉圜的餘地嗎？"我抱著一絲希望問。

"没鬧開，我還能給例外，但現在晚了，這事没得商量，抱歉！"

我没料到"口風不嚴"給自己帶來了不可磨滅的遺憾，就差那麼一點兒，也許就能了了多年的心願，我他媽的也太背了！

坐在回程大巴上，我心如止水。當滾滾黃沙吹過，我望著車窗外的蕭條景象默哀："我的小河公主呀！何時才能看到妳的容顏？"

第四章/二次答辯

我的畢業論文題目是《新疆古代人類的體質人類學研究》，重點在於探討遠古新疆人的種族類型及考察他們的人體結構和形態。

這個題目我從大二就開始構思，大三正式蒐集資料，其間也跟論文指導老師討論過多回，加上北疆的實際下田野經歷，讓我對即將到來的答辯頗具信心。

果不其然，十五分鐘的陳述時間我發揮得極好，精心製作的PPT通過投影儀展示出來，加上深入淺出的講解，評委們頻頻點頭，我心想這個答辯應該十拿九穩了，不禁有些飄飄然。

通常學生陳述完畢，評委們會提出三個問題，由於我已經沙盤演練過，所以回答得行雲流水。

“蘇同學，妳今天的答辯準備得相當充份，讓我印象深刻，最後我額外問一句，妳為什麼會選擇這個論文題目？”

問我話的是系裏的老教授，退休後本應在家含飴弄孫，但因學識淵博，又被學校給返聘了。

“有一天我做夢……夢到小河公主，是她要我研究這個。”我答。

我所在的小組有12名同學，加上5位由教授組成的評委，意思是教室內總共有17個人，此刻完全鴉雀無聲，大概連針掉到地上也聽得見。

“咳、咳、”我的論文指導教授坐不住，想拉我一把，“畢業後妳有什麼打算？”

這是一道送分題，想就業可以回答到博物館、古玩店、拍賣行搵工；不想就業可以回答考研或出國深造，反正怎麼答都不會出差錯，可惜我的腦子被牛糞給糊住，一時轉不開。

“我想找一份來錢快的工作，等攢夠錢，我要到烏魯木齊見……見小河……的朋友。”

“這也是小河公主託夢告訴妳的？”老教授問，引來一陣訕笑。

“她沒託夢，是我自己想去。”

我看見我的論文指導教授把臉埋進手心裏，一副萬念俱灰的樣子，看來我凶多吉少了。

幾位評委交頭接耳，似乎下不了決定。

“蘇同學，妳能到教室外稍等片刻嗎？”說話的是老教授。

“沒問題。”我昂首走出教室。

很久以前系裏就流傳著這麼一則流言：答辯不過是走個形式，如果評委看著不行，會暫時中止答辯，和你小談一下，意思是給個提示再繼續，等於變相幫你過關。萬一評委中止答辯，把你給請出去，那就危險了，代表有兩派人馬在爭論你能不能**Pass**。

我不知道自己是不是遇上了傳說中的“黑天鵝事件”（指極其罕見的風險），我希望不是。延遲畢業對我來說是場災難，首先父母那關就過不了，其次這破壞了我的計劃，我原本打算一畢業就從事喪葬業，這個來錢快，轉正後月收入能過萬，省著點兒花，半年後我就能遠赴西北，不信纏他個十天半個月，新疆考古研究所不會大發慈悲放行，好歹我也是學考古出身，都是同行，不會這麼不近人情……

"Pachinko，妳怎麼在這裏？"馮明玉停下腳步問，她還是喚我"柏青哥"。

"答辯完出來透透氣，教室內挺悶的。"

"也是，"她望了一眼身旁的伙伴，"我才跟同學埋怨沒能跟妳同組，否則可以一睹妳答辯時的風采。"

"没什麼好看的，隨便說一說，評委再隨便一問就過關了，簡單得不得了。"

話剛說完，教室門被打開。

"蘇同學，妳可以進來了。"說話的是我的論文指導教授。

我轉頭對我的女粉絲說："放風完畢，我進去聽聽他們都說了些什麼。"

～

在我們系裏我是個響叮噹的人物，如今因出位的答辯又火了一把，不過這次可一點兒也不光彩，因為老教授要我進行二辯，由他一對一提問。

我去，不過是說了心裏話，至於嗎？這還有沒有言論自由？簡直是一言堂！

儘管我哀嘆再三，仍改變不了二辯的命運。

這一次我更加用心準備，而且時不時對自己耳提面命：千萬不能再"暢所欲言"，老教授想聽什麼就說給他聽，為了得到那張畢業證，哪怕"不惜一切代價也要為考古研究奉獻一生"的屁話，該說時還得說。

一週後，老教授約我在室內考古實驗室見面，地點不算陌生，但時間很詭異，竟然是夜裏十點，也就是實驗室關大門的時間。

我倒不害怕老教授臨時起色心，對付他，我一根手指頭就夠了。我擔心的是他的歲數大，萬一有個突發狀況（譬如不小心跌倒或者一言不合血壓升高等），我豈不百口莫辯？

不諱言地說，二辯給我帶來了壓力，好像兩肩無時無刻不馱著一隻吉娃娃，是有那麼點兒不舒服，但也就那樣了。然而沒過多久，那隻吉娃娃竟長成了英國牛獒（世界上最重的犬類），因為我聽說粉絲們自發組織活動，打算聚集在實驗室外為我加油打氣。

"不許，誰來我跟誰急。"我表情嚴肅地說。

開什麼玩笑？如果二辯過了還好，萬一不過呢？面對拉紅布條的女孩們，那場景說有多尷尬就有多尷尬，恨不得讓人一頭撞死以謝天下。

轉眼來到了約定時間，我推開那扇鹹菜綠的木門，發出吱呀一聲。平常沒注意，現在倒是提醒我得給系裏提意見，讓工友給門鉸鏈上上油……

"我在這裏。"老教授說。

根據聲音來源，我判斷今晚的會面地點在儀器室，那裏堆積著光學顯微鏡、高頻紅外碳硫分析儀、代碼破譯機、檢測儀、氣雲採集器、打撈器……等。

我神色自若地走過去，沿途看到好幾口槨室，都是整個搬過來，無怪乎實驗室外停放著吊車、翻轉車、運轉車等設備，就為了能對大型遺存進行搬運及置放。

說到這裏你可能心存疑問，考古不是都在戶外進行嗎？怎麼轉成戶內了？

是這樣的，田野考古發掘極易受天氣狀況及發掘條件所影響，既希望挖到好東西，又害怕挖到，因為在條件不具備的情況下，常有資料收集粗疏，以致許多細微的遺跡被忽略或捨棄的現象。如今有了室內實驗室就不同了，可以做到環境可控，使精細發掘成為可能，從而保證出土質量，缺點是只能重點式挑選，做不到整個遺址全搬運過來。

"我在這裏。"老先生又發話。

媽的，這個老傢伙真沒耐心，我不過是多看了幾眼舞陽賈湖墓地的隨葬品，他就等不及。

"來了。"我喊。

第五章/攤上大事

我進到儀器室時，老先生的眼睛剛離開顯微鏡目鏡。

"快來看，這貝殼的顏色多美！"說完，他站起身來，把座位讓給我。

光學顯微鏡的厲害之處在於哪怕是幾千、幾萬年前的產物，只要選擇好合適的放大倍數及觀察方式就能還原色彩。

想到我現在看到的東西很可能盤古開天之時就已存在，內心激動不已。

"這個黃很特別，有點兒像……像香草冰淇淋的顏色。"我答，同時站起身把座位還給今天的評委。

他坐下後表示我的描述挺有意思的，又告訴我顯微鏡下的結晶是海貝，它最早被古人作為飾品使用，由於被賦予多子多福的吉祥寓意，女性懷孕之後多會佩戴，至於成為貨幣……那是以後的事。

"是是是……"我點頭如搗蒜，"真是醍醐灌頂，學生在下我受益匪淺。"

“能不能正常點兒講話？別花裏胡哨的，我不喜歡。”

咦！這個老頭子挺不一般的，以前沒選修他的課真是失策。

“好，我正常點兒講話，”我乾咳兩聲，“為什麼讓我二辯？比我表現差的同學都通過了，這不公平！再說了，你額外的問題不在評審範圍內，就算我答得再無厘頭，也不該列入計分。”

老教授要我坐下說話，他仰視我，脖子難受。

於是我找了把椅子坐下。

“那件事是真的嗎？”他壓低聲音，“妳真夢見小河公主了？”

我想了想，既然他要我別花裏胡哨的，我索性敞開心胸來說。

“是的，不只做夢夢到，清醒時偶爾還會出現幻覺和幻聽，不過不嚴重，沒達到精神病的程度。”

“其實……不只妳夢見，我也夢見了。”

什麼？！這也太扯了！我問他是不是開我玩笑？

“我若開玩笑，不得好死！”

看一個近七十歲的老翁正經八百地舉起手來發誓，這感覺太怪異了。

“教授，我相信你就是了，別發這種毒誓，怪嚇人的。”

“好，不發就不發，接下來我要告訴妳一件事，妳可別嚇壞了。”

切！我的外號除了Pachinko，還有“蘇大膽”，連老師都敢打的人，你說這世界上還有什麼可畏懼的？

“你說，我洗耳恭聽就是。”我答。

～

"蘇青青，妳過了嗎？"我一回寢室，室友甄心如從被子裏冒出頭來問。

"過了。"我懶洋洋地答，同時把一個小錦囊往自己的枕頭底下塞。

她隨即下床走到窗戶邊，然後對外使勁吹了聲口哨。

"妳幹嘛？"我走過去把窗戶關上，"半夜三更的，也不怕吵醒睡夢中的人。"

"別的系我不清楚，但考古系的女生有大半還沒入睡，我若不吹口哨，她們會睜眼到天亮。"

原來她受託給暗號，如果我通過了就吹一聲口哨；如果沒通過就保持沈默。

"她們給了妳什麼好處？"我問。

"一杯奶茶也沒有，我這麼做是不希望有人失眠，失眠很痛苦的，我知道。"

甄心如是歷史系學生，當初選擇室友時，我特地選了個對我不熱情的人，沒想到她外冷內熱，沒多久便對我熱情如火，可是三年下來（第一年是隨機分配，沒選擇權）我從未換過室友，心想與其再被別人關愛，倒不如從一而終。事實證明我是對的，只要用對方法，甄心如的溫柔也可以像風拂過，既沒有負擔，也不具殺傷力，更不會後患無窮……

"妳的心真軟，"我摸摸她的頭，"上床去吧！我看著妳入睡。"

她乖乖地上床去，但很快便把臉埋進被子裏，間接放我自由（這是我結束談話的妙招，屢試不爽）。

換上乾淨衣服後，我也上床，可惜翻來覆去總睡不好覺，該不會是那個東西在作怪吧？！

我把枕頭底下的小錦囊找出來，這是一個平凡得不能再平凡的小布袋，就著青白的月光，裏面的玉勒子像一塊凝脂，摸起來有冰涼感。

玉勒子是一種歷史非常悠久的玉器形制，早期被當成實用工具。進入新石器時代以後，古人逐漸意識到玉石的珍貴價值，從此玉器不再承擔勞動工具的功用，而是華麗大轉身，成為宗教中的祭祀器或裝飾器。

在漫長的發展過程裏，玉勒子的形制也出現了變化，有扁圓柱體、束腰體、橄欖體、長方體……等，我手中的這枚便是橄欖體。

"這輩子我太懦弱了，遲遲不敢跨出國門。妳不一樣，第一眼看到妳，我就知道妳會為了夢想勇往直前，所以我把這個小東西交給妳，妳千萬小心保留著。"老教授的聲音在耳邊響起。

我轉動著這個比真正橄欖大不了多少的東西，心中五味雜陳，難道冥冥之中注定我和小河公主之間有剪不斷的情緣？

隔天我到食堂吃早餐，拿了幾個餃子、兩根腸、一個芝麻大餅，再來一碗小米粥，花了我七塊五毛錢。

我一坐下，立馬擁上四個女同學。

"昨晚老教授有沒有為難妳？"

"都問了些什麼？"

"學校說**10**號之前一定得搬離宿舍，妳什麼時候走？走之前咱們找個時間聚一聚。"

……

. . .

由於畢業照已經拍了，答辯通過的學生基本可以離校，我因需要二辯，又多待了幾天，沒想到同樣留校的人還真不少。

"我大概10號當天走，聚會就算了，我還得提交任務書跟開題報告，時間上來不及。"我說。

女孩們哀聲嘆氣，我只好表示歡迎她們到我的家鄉找我玩。

"妳不上北上廣深嗎？"其中一個女孩問。

"不，我已經在離家不遠的地方找到工作了。"

"什麼樣的工作？"另一個女的問。

我還沒來得及回答，輔導員直直向我走來，後面跟著一名警察。

"她就是蘇青青，"輔導員指著我，"最後跟老……許教授見面的就是她。"

我們的大四輔導員很不得人心，有事找她特會拖，但一旦她主動找你，並且對你笑容滿面的，準沒好事。此刻的她雖然主動找上我，但臉色很不好看，所以我也無從判斷這是好事還是壞事……

"妳就是蘇青青？"那個年輕的警察同志問。

"正是，你有啥事？"我氣場十足地問（女粉絲正看著我，我絕對不能表現出畏畏縮縮的樣子）。

"有事問妳，能借一步說話嗎？"

"可以，等我把早餐吃完。"

此時我們的輔導員開口了，她要我別浪費警察的寶貴時間。

"咋滴？還不讓老百姓吃飯？實話告訴你們，我肚子餓就沒法兒好好說話，除非警察同志要我不說實話。"

於是在無數雙眼睛的注視下，我慢條斯理地把眼前的早餐吃完，包括芝麻大餅上的芝麻。

“吃飽了。”我站起身來，“到哪裏說話？可別太遠，我還得回宿舍打包行李。”

“妳終於吃完了，”輔導員一副不耐煩的表情，“先到輔導室來吧！攤上這事也不知道妳還能不能回宿舍。”

第六章/同學會

輔導室裏本來還有閒雜人等，此時全被請了出去，只留下三個人。

"今天凌晨貴校的許教授自殺身亡，為了慎重起見，局裏派我過來了解情況，妳是最後一個與他見面的人，當時他可有什麼異樣？"

"老……許教授……死了？"我嚇得話都說不利索。

"是的，他在網上購買了毒狗用的氰化鉀，這東西只要綠豆大小的量就足以致死。許教授一口氣吞下三顆綠豆的量，估計死亡只用了十幾秒的時間。"

我問毒藥是什麼時候買的？

"大概幾天前吧？！妳為什麼問這個？"

"拜託，請告訴我確切的日期，這個對我很重要。"

於是年輕警察立即打給同僚，查到死者是本月3號晚上在網上下的單。

本月３號不就是我答辯的日子？這麼說當天他就已決定赴死，只是氰化鉀到貨需要一些時日，所以把二辯的時間定在一個禮拜之後……

「看妳的樣子好像知道些什麼，請把知道的通通說出來，好讓真相浮出水面，以慰親屬。」

哎！如果我把真相說出來，親屬一點兒也不會感到安慰，反倒把老教授給拉下神壇。

「抱歉！我知道的不會比你們多。那天晚上我進行二辯，他提出一些問題，我回答了，就這樣。」

「錄相顯示妳是１０:０２進入，１１:４５才和教授一同走出實驗室，就我所知，答辯不需要這麼長的時間。」警察轉向輔導員，「是吧？」

輔導員馬上點頭，答：「通常就問三道題，估計十分鐘不到。」

我咳嗽兩聲後，表示答辯完畢我和教授又用顯微鏡觀察了多個遠古時期的貝殼，並且做了冗長的討論，受益匪淺。

爲了讓我的說明更具說服力，我拿海貝當例子，它最早被古人作為飾品使用，由於被賦予多子多福的吉祥寓意，女性懷孕之後多會佩戴，至於成為貨幣，那是以後的事……

「可以了，謝謝！」警察制止我，「如果妳忽然想起有可疑之處，請到離這裏最近的警局找我，我姓袁，警號是……」

我壓根兒不想找他，但我們的輔導員很積極，她找來紙筆，不僅記下警號，還問到該警察的全名。

「就這樣，我走了。」叫袁培華的年輕警察走了，還承蒙輔導員送到樓底下。

我看機不可失，從後門偷溜出去，還好輔導員没到宿舍找我，讓我躲過一劫。

～

說好十號當天搬離宿舍，九號晚上我就悄悄搭上夜間巴士，一路顛簸了兩天才回到家。

"姐，我以為妳明天才會到家，"暖暖的眼光重新回到手捧著的漫畫裏，"妳的狗可想死妳了。"

不用她說，長耳朵柯基已經用行動表達它的思念（我的臉被它的口水糊了一臉）。

"媽呢？"我抱起狗坐在沙發上問。

"打牌去了，也不知她從哪兒找來的牌友，老有牌局，把家當成了旅館，爸現在反倒低聲下氣的。有一次爸煮好飯，讓我去喚媽回家吃，媽硬是不肯，還說外賣經濟實惠，也不用刷碗，她就和牌友在牌桌上吃了，把爸給氣得頭頂冒煙。"

打從有記憶以來，我爸就是個甩手掌櫃，連媽生完暖暖，還得下床給他張羅吃的。我不過是看媽辛苦，給她端了杯開水，她竟抱著我哭得撕心裂肺，當時我還以為是自己做錯事，內疚了好一陣子。

"爸人呢？"我邊撫著長耳朵柯基的毛邊問。

"不知道，整天神神秘秘的，可別又撩小女生去了，媽若發現，又有的吵。"

我一直以為女人只會被有顏、有才或有錢的男人所吸引，看來也不是絕對。好比我爸，頭髮稀疏且有大肚腩，除了扮酷沒什麼才能，而最最重要的是─他沒錢，可是照舊有花蝴蝶撲上來，真是費解！

"暖暖，妳不是快高考了嗎？"我端起姐姐的架勢，"怎麼還在看漫畫？"

"還不是妳，有人告訴我這本漫畫裏的男主角長得跟妳很像，所以我借來看看。"

"結果呢？"

“當然還是姐帥。哎！如果妳是個男的就好了，我一直想要有個哥哥。”

不只她想，我也無時無刻不想成為男的。

“我回房了，明天還得早起呢！”我說。

暖暖提醒我明天是週六，我答我知道，若不是同學會定在這一天，我也不會急著趕回來。

“哈哈！搞不好妳會發現同學會上已有人拖兒帶女了。”她說。

我也想過，這沒什麼大不了的，只是有人提早上車罷了。話說回來，如果不是為了見一見郭美芳，這個同學會我大概不會參加。

暖暖問我誰是郭美芳？

“她是我的前前高中同學，因為考試時丟了張寫滿答案的紙條在我桌上，間接害我被退學。我倒不覺得有什麼，她不一樣，聽說為了這件事抑鬱了好一陣子，連高考也沒參加，就宅在家裏。”我搖頭嘆息，“真可惜，她的成績起碼能上個二本。”

“所以明天妳是去解救她？”

“算是吧！把話跟她說開，也許她就不會再抑鬱了。”

“哎！真是多情種子。”說完，我妹又一頭栽進漫畫裏。

其實還真被暖暖給說對了，別看我打起架來很凶狠，其實內心比誰都柔軟，看到弱勢群體總忍不住想扶一把，尤其見不得女人掉眼淚，她們一哭，我就徹底沒轍了。

我把長耳朵柯基小心地放在地上，然後把門口的兩件大行李箱拖進房內。沒等東西

“各就各位”，我便和衣而睡，因為坐了近兩天的巴士，我的骨頭幾乎散了，急需休養生息。

第七章/郭美芳

我的家鄉在江南，屬於長江三角洲其中的一個小城鎮，繁華程度雖然比不上一線城市，但該有的還是有，譬如小資必備的星巴克咖啡店以及有外國進口食品的高檔超市。五星級酒店當然也不會少，像喜來登、四季、萬豪……等。簡言之，我的家鄉絕對不是什麼破山村或貧困縣，所以當得知同學會的地點選在離市區40分鐘車程遠的地方時，我當是舉辦了農家樂，也算圖了個新鮮。沒想到迎接我的是一個貨真價實的樓盤，售樓小姐在門口一字排開，笑容可掬。

"這個位置是偏了點兒，但發展空間大，以後會有高鐵站及雙語學校，大潤發也會進駐，有興趣了解一下。"班代表哈著腰說。

"我不知道你成了開發商。"

"不是開發商，是開發商把房子交給我賣，"他給了我一張名片，"我開了家房地產仲介公司，就在萬達廣場附近，有空找我喝茶哈！"

現在我終於知道為什麼我這個被退學的人也會在邀請名單內。

話說回來，這是同學會，再怎麼激進，也不應"公器私用"、
"掛羊頭賣狗肉"才是。我不禁有種上當受騙的感覺，可是才
過没幾分鐘，我的想法變了，這裏其實没想像中那麼不堪，
不僅滿眼翠綠、鳥語花香，還有一大片粉紅螺子黛，我已看
到好幾名"故同學"正在拍照，連腳邊的鴨子也入了鏡。

"看！蘇青青也來了。"有個胖胖的女生喊，我想不起來她是
誰。

結果一群女孩聞風擁上，嘰嘰喳喳問個不停。我來不及一一
回答，一盤燒烤已經奉上。

"這個給妳，"女生指向自己的身後，"那邊還有竹筒飯及土
窯雞，不過得等。"

說話的人叫什麼珍來的，在前前高中時期就很照顧我。

"小珍，謝謝妳！"我接過餐盤，很溫柔地對她說。

那個叫什麼珍的聽完很高興，因為我還記得她的名字。

回到同學會現場，雖然我的手裏已經有吃的了，但女孩們還
是又為我端來更多。

"夠了夠了，妳們也吃，別光給我。"我說。

然而"言者諄諄，聽者藐藐"，面對像山一樣高的烤物，我選
擇躲到廁所裏冷靜一下。

等我冷靜過後走出來，一位售樓小姐逮住我，說："妳家有
四口人，買雙併別墅合適。我是老同學不會騙妳的，這個樓
盤好，現在不買，以後就高攀不起了……"

"妳是……美雅？"

"正是。"

售樓小姐的圓臉依舊，像極動畫片《小蜜蜂》裏的美雅。

我問她怎麼也賣起房子來？

“有什麼辦法？嫁雞隨雞唄！老潘說要幹點兒事，做妻子的再怎麼也得支持，否則上有老，下有小，柴米油鹽都是錢。”

原來班代表和美雅走在一起，不僅開了家公司，連孩子都有了，而我還是初出茅廬的社會新鮮人。

“既然是老同學，妳也知道我家經濟狀況一般，哪住得起別墅？”

我不過是隨口一答，美雅即刻拉我坐下，同時拿出另一個樓盤的設計圖。

“這個是公寓，從這裏走過去不到十分鐘，是期房，錢可以慢慢付，一平米才五千，買個三居合適，不到一百萬。”

“是不貴，等我媽在牌桌上贏了錢，我立馬過來付首付。”

我一起身，不巧撞上路過的人。

“對不起。”道完歉，我赫然看到久違的人，“是妳！”

郭美芳沈默一會兒後，小聲地答：“對不起。”

“哪裏，是我起身太快撞上妳了。”

“不，是我不對，”她鞠了個躬，“對不起！”

美雅知道那件陳年往事，她拉我們到售樓處最裏面的辦公室。

“我在門把上掛了‘非請勿入’的牌子，妳們慢慢聊，不用趕。”美雅笑嘻嘻地說。

門關上後，尷尬的氣氛也隨之而來。

“咳、咳、坐，”我為她拉了把椅子，“最近好嗎？”

她坐下後，答：“不好……妳怎麼站著？”

於是我也坐下。

彼此無言片刻後，我問她為什麼不好？

"我一直都不好，自從害妳退學，我無時無刻不在譴責自己，如果時光能倒流，我會主動承認錯誤，不讓妳背黑鍋。"

原來傳言是真的。

"其實大可不必，我在新學校過得很好，也考上大學，不，確切地說已拿到大學畢業證。那件事對我而言不過是人生中的小插曲，如果早知道它成了妳過不去的坎，我會及早要妳別放在心上。"

她搖搖頭答晚了，我問什麼意思？

"自從妳離校後，我的心思完全不在課業上，連高考也缺席了。後來父母要我考專科學校，我是去了，但交了白卷，從此在家一待就是五年，每天主要只做一件事。"

"什麼事？"

她看著我，欲言又止。

"没事，妳說我聽。"

"我曾到妳就讀的大學偷偷看妳，想到妳已經是一名大學生，而我只有高中學歷，妳肯定要看輕我了，我是如此卑微……"

說完，她的眼淚啪嗒啪嗒地滴落下來。

我說過自己最見不得女人掉眼淚，她們一哭，我徹底沒轍了。

"噓～別哭，"我抹去她的淚水，"我不會看輕妳的，妳想多了。"

没想到她以迅雷不及掩耳的速度握住我的手，像握住了救命稻草，剎那間我有種很不真實的感覺。不，肯定是哪裏出錯了！

"等等等……" 我使勁抽出自己的手，"呵呵！手沒洗，髒！"

結果她反而撲上來，還因用力過猛，椅子倒了，我們同時跌落在地上。

沒等我反應過來，她一翻身將我壓在底下。

"青青，我愛妳！" 說完，她的唇吻住我的唇。

第八章/投河自盡

"停！"我推開她，並且站了起來，"妳……妳要不要……要不要去看醫生？"

"醫生？妳就是我的醫生，我已經生病很久了，只有妳才能治癒我。"

完了，粘上橡皮糖了。

我扶她站起，又幫她扯扯弄皺了的裙子，然後好聲好氣地規勸："聽著，妳是我的好姐妹，不止妳，班上的每一位女同學都是我的好姐妹，我不會喜歡妳多一點兒或少一點兒，妳懂嗎？"

"那麼過去五年，我為的是什麼？"她顫抖著問。

"我不知道，也許妳該問問妳自己。"我摸摸她的頭，"結婚時可別忘了發喜帖給我，我一定到場觀禮。"

～

聽說同學會那一天有三個人付了購買別墅的意向金，最後成交了兩套。最近的房地產市場疲軟，班代表和美雅也算小賺了一筆，以致辦同學會的費用也沒催大家分攤，只要求我們幫宣一下這個樓盤，只要成交，一萬元傭金立即奉上！

我沒興趣搞這個，因為自己已經在離家約五公里遠的喪葬公司找到工作，職位是銷售，說白了就是蹲守在醫院重症病房或太平間，負責與哭哭啼啼的家屬產生共情，這叫"臨終關懷"（關懷的是未亡人）。一旦得到他們的信任，也許能搶下一個單子，至於是大單還是小單全憑運氣。

是這樣的，我們的公司做的雖然是殯葬手續類諮詢與代辦，但其實是一條龍服務，從佈置靈堂、代辦死亡證明到入殮、骨灰盒銷售、選擇墓地……等，不一而足。如果家屬想把喪事辦得風風光光、體體面面，那便是大單，反之則是小單。

"蘇青青，妳的毛病就是拉不下臉來，如果下禮拜再沒有訂單，我也只能請妳走路，畢竟誰的錢都不是大風刮來的。"老闆對我說。

三個禮拜過去了，我一個單子也沒搶到，不是我不努力，而是別家的銷售太厲害，誰能拒絕哭得比自己還傷痛，只差把心挖出來奉上的人呢？

我不能怨老闆，畢竟他給過我機會，是我自己不行，哭也哭不出來，遑論安慰剛失去親人的陌生人。

"喂！"老闆娘走過來，"那個女的辭了，說是晦氣，她婆婆不讓她碰小孩。"

我們的老闆娘只會喚老闆"喂"，以致我老忘了老闆叫什麼來著。

"切，又不是讓她接觸死者，有什麼好晦氣的？"老闆不以為然。

"喂！"這次老闆娘把眼光落在我身上，"要不由妳代替那個女的，除了底薪還有提成，做得好，月入數萬元沒問題。"

沒想到老闆娘也喚我"喂"，看來她真記不住人名。

"工作內容是什麼？"我問。

"跟客人介紹及推銷棺木、骨灰盒或墓地。"她答。

我想了想，為了數萬元的底薪加提成，我豁出去了。

"拜託！妳根本不是幹銷售的料。"老闆給我潑冷水。

也難怪，剛剛我才因"銷售不佳"，被他下了最後通牒。

然而事實證明他錯了，我只是不擅長"演戲"，推銷實物的能力還是有的。

果然一個月後我便轉正，月薪也如同預期過萬，不禁躊躇滿志，因為離自己的目標又更近一些。

這一天，老闆娘突然提起幾日前有個女的投河自盡，昨天才打撈上來，父母認屍時還昏了過去，可憐呀！白髮人送黑髮人……

我問死者可是本地人？

"是的，聽說家裏開麵店，就只有這麼一個女兒，因為精神出了點兒問題，已經在家啃老好幾年了。"

聽完，我的心喀噔了一下

"她……她為什麼自盡？"我問。

"誰知道？現代人動不動就抑鬱，我看是閒出來的，把人丟進叢林裏試試，保證看到猛獸跑得比誰都快！"

老闆娘的一番話把老闆逗得哈哈大笑，他說沒想到自己的老婆這麼睿智及風趣，怎麼以前沒發現？

趁他倆心情大好，我提出外出，因為跟客人約了看靈骨塔。

"盡可能推銷墓地吧！這個提成高。"老闆娘想了想，給我支招，"妳就跟客人說墓地好比別墅，靈骨塔則是公寓，仙逝者若住得好也能庇佑家人及後代子孫。"

我發現老闆娘真是個人才，看事情往往腦洞大開，老闆也算是撿到寶了。

"知道了，我去去就回。"我答。

我沒帶客人看靈骨塔，而是騎上電動車，風馳電掣地往郭美芳的家騎去。當我看到她家大門緊閉，門扇上還貼著一張白紙條時，嚇得目瞪口呆。

為什麼？為什麼郭美芳會想不開？難道是因為我？不，不可能的，我沒那麼大的影響力去左右一個人的生與死……

"要死了！妳是怎麼騎車的？"河東獅吼聲響起。

由於驚嚇過度，我把車騎得歪歪扭扭的，沒真的撞上提菜籃子的大媽，還真是萬幸！

"姐，妳聽說了沒？最近有個女的跳河自殺，撈起來時身體鼓得像隻氣球。"

"沒聽說，"我板起臉孔，"考完高考妳也該幫著做點兒家務，碗是不是還留著給我洗？"

"怎麼會？"她嘻皮笑臉的，"今天我還把抽油煙機給擦了，保證廚房乾乾淨淨，亮瞎妳的眼。"

換作平常，我會懟上幾句，今天心情不好，所以提早打退堂鼓。

"我回房去了。"

"姐，"暖暖喚住我，"有妳的快遞郵件，我放在妳的床頭櫃上。"

郵件？該不會是……

我三步併做兩步，往房間奔去。

第九章/西西弗斯

這個牛皮紙袋鼓鼓的，怕是裝了不少東西。

我拿出剪刀剪開封口，發現裏面塞滿了信件，都是未開封，每個信封的右上角還被寫上數字，並且依序排列。我的手直接伸向最後一封，數字228。

閱讀完畢，我把信紙重新折好塞進信封裏，接著放回牛皮紙袋內。

隔天天沒亮我就騎電動車出門，一直騎到小河口。下車後我走向岸邊，河水很湍急，我看得出神，直到附近開始有晨跑的人，我才把牛皮紙袋取出，並且點燃一把火，就在熊熊烈火中，我跟一個癡情女子告別。

"對不起，妳愛的人不是我，我沒那麼好。殺死妳的人也不是我，而是妳自己，妳把自己編進悲劇裏。很抱歉，我無法同情妳，妳讓我訝異、讓我感到莫名其妙。請一路走好，同時別再來找我，我承受不起。"我默唸著。

當牛皮紙袋燒得只剩灰燼，我扯下一根樹枝，把灰燼全掃進河裏，望著飄浮在水面上的黑灰色殘渣，我的愧疚也隨之而去。

說起這件事，我的確挺冷酷的。實話告訴你，雖然我對女人很憐香惜玉，但不代表我會跟隨魔杖起舞。這麼說吧！我是吃軟不吃硬，給我來軟的，什麼都好商量，若是硬著來，甚至以死示愛，抱歉！我不吃這一套。

隨著時間推進，一眨眼已經到了來年開春，雖然天氣仍然有點兒冷，我還是毅然決然跟著計劃走。

從我的家鄉到烏魯木齊有三千八百多公里，坐火車大概需要兩天的時間，硬座的票價438元；坐大巴便宜一些，但得到杭州轉車，前後大概需要三天的時間。

考慮再三，我還是選擇坐大巴，原因無他，囊中羞澀唄！

本來過萬的薪水不致於過得如此慘兮，但暖暖考到外地的大學，而我媽和我爸又打得不可開交，惡臉相向的結果便是各自甩擔子不挑，結果我的薪水不僅要拿來養活四口人，還得資助我妹上大學。

"姐，現在我才發現妳是最愛我的人。放心，等我大學畢業找到工作，一定湧泉相報！"暖暖噙著淚水說。

"哎！都是自家人，談什麼回報？"我答。

話說得雲淡風輕，但只有自己心裏清楚，我是"打落牙齒和血吞"，而隨之而來的下場便是將我的既定行程一拖再拖。眼看春天來了，我若再不出發，下一次的長假恐怕得等到國慶假期，而那之前我妹又得交學費和住宿費……

瞧！我像不像希臘神話裏的西西弗斯？好不容易把巨石推上山，它又滾落下去，周而復始，沒完沒了。

"妳這是去哪裏？"媽放下碗筷問。

"去烏魯木齊見個朋友。"

"怎麼沒聽妳說還有個新疆朋友？"爸問。

"你們兩個成天忙著吵架，什麼時候關心過我？連暖暖的學費還是我付的！"

媽說天地良心，她和爸把我們姐妹倆拉扯長大已經很不容易，如今我的薪水多，幫襯一下家裏人怎麼了？羊還有跪乳之恩呢！

"妳媽說的沒錯，知恩圖報懂不懂？"我爸助攻，"另外，暖暖也不是非得讀大學不可，好比妳現在的工作，小學學歷也能做，何必浪費四年的時間和金錢？"

我冷冷地答除非自己當老闆或做苦力，現在哪裏還有招小學學歷的行業？再說，暖暖當然得讀大學，眼界開闊了，找對象也容易找到志趣相投的，省得整天和枕邊人對打，把家裏搞得烏煙瘴氣、雞飛狗跳……

"蘇青青，"我媽怒拍桌子，"妳是不是皮癢了？"

"道不同不相為謀，"我拉起行李箱，"預計兩個禮拜後回家，如果沒回，就是死在外面了。"

我爸飛撲過來，被我揮手一擋，像雞蛋碰石頭，蛋液流了一地。

"我已經不是弱不禁風、逆來順受的孩子。聽著，養老送終的事我會盡力做到，再多沒有了，你們自己看著辦！"

說完，我頭也不回地走了。

第十章/輪迴轉世的小河公主

到烏魯木齊的公路有三條，目前車流量最大、安全係數最高的一條便是連霍高速。當車子穿過瓜州開進星星峽時，新疆的交警上車檢查，乘客則下車步行通過檢查站，再上車時，巴士外的景象便"每況愈下"，除了行道樹、黃色草原和高壓電塔外，基本人煙罕見，一直要到哈密才能下車休息。

就在搖搖晃晃的車廂裏，我邊看窗外蕭條的風景線邊回憶起老教授說過的話。

孩子，我現在要告訴妳一個真實故事，這個得從八十多年前開始講起，妳聽好了，別打岔，否則我恐怕銜接不上。沒辦法，人老了就是這樣，腦子不好使。

小河公主最早於**1934**年由瑞典考古學家貝格曼首次發現，當年擔任嚮導的是羅布人奧爾得克。在這裏插一句，羅布人是新疆維吾爾族的一支，以打魚狩獵為生。

我父親當時正在羅布泊採集民間歌謠，一聽說此事，央求奧爾得克也帶他一探究竟。然而從小河墓地回來後，我父親便得了怪病，老說要到伊朗解救小河公主。當時全世界大小戰役不斷，中東情勢尤為兵連禍結，就算擁有鋼筋鐵骨，當時我家經濟拮据，父親病了之後更是雪上加霜，連到縣城的交通費都沒有，遑論出國。

我十五歲時，父親已經瘋言瘋語了將近三十年。某天，他指著地圖告訴我，小河公主已經輪迴轉世到了開羅，他得到開羅找她。

"誰是小河公主？找到了又怎樣？"我問父親。

"小河公主是一個美麗的女人，只要找到她，我和她都能得到救贖。"

"如果找不到呢？"

"小河公主每三十年會輪迴轉世一次，如果1993年之前沒找到她，她便會死去，然後重新投胎到……"父親查看地圖，最後指向面對波斯灣的一個城市，"迪拜。"

這是第一次我聽到"迪拜"這個城市名稱。

"世界上的女生那麼多，你要如何認出小河公主？"我極具探究精神地問。

"呵呵！每晚她都會出現在我的夢裏，我對她再熟悉不過。對了，有一天她還送我一塊玉，像凝固了的雪白脂肪，漂亮極了。"

父親很少跟我說那麼多的話（通常他只會對著空氣說話），所以印象非常深刻。

沒想到談話過後的那天晚上，我的父親便不知所踪，再見面時，他已經成了一具冰冷的屍體，誰也不知道他何時登上了航向開羅的貨輪，並且神不知鬼不覺地躲進食品冷凍庫裏。

母親聽聞死訊，一滴眼淚也沒掉，匆忙將屍體火化，並且把撿拾骨灰的工作交給我。當時的我雖然只有十五歲，卻是家裏唯一的男丁，面對母親委託的重任，我坦然接受。

"小子，你挑幾個放進罎子裏吧！"火葬場的師傅對我說。

原來屍體火化後不全是灰燼，還會有一些小碎骨。

"可以全部都要嗎？"我問。

他看了一眼我懷裏的骨灰罎，答："你若塞得進去就塞。"

結果不管我怎麼努力，最後一個橄欖大小的骨頭就是塞不進去，我只好把它放進兜裏。

母親洗衣服時並沒有發覺，我是在偶然情況下憶起，並且赫然發現它不是父親的骨頭，而是一塊潔白無瑕的玉，因為火化時被骨灰給掩蓋住，所以看起來像一塊焦黑的骨頭。

是的，後來我研究考古多半受了父親的影響，並且如願跟著考古隊來到小河遺址。去過夢寐以求的地方後，我更堅信父親的言論，因為當晚我也夢見小河公主了，她要我到開羅找她，可是那時的我已經娶妻生子，為了家庭緣故，即便後來有出國的機會，我也放棄了。現如今，小河公主應該已經輪迴轉世到了迪拜，算一算，她的年紀二十有六，我也到了古稀之年，已經走不動了，我希望由妳接下這個棒子，到迪拜找她，省得她一直輪迴，到不了極樂世界……

哈密往西一兩百公里的範圍內經常會出現大風揚沙的景觀，號稱"百里風區"。據當地人說，風大的時候，連貨車都能給吹上天，難怪我們在哈密休息區休息時，大巴司機查了一下天氣狀況才上路，可惜天氣預報也有出差錯的時候，這可不，風沙滾滾，不僅車子左右晃動，還屢次被吹到隔離帶之外，還好對向來車不多，否則豈不撞個正著？

"不行，這視野太差了，跑車很危險。我現在路邊停車，你們都坐好了，別亂動！"大巴司機對我們說。

這大概是有生以來最接近死亡的黑暗時刻，耳邊盡是呼嘯而過的風聲，如果仔細聆聽，像有人在低泣……噢！不，是真的有人在低泣。

「別哭，等會兒就出大太陽了。」我溫柔地對前座的小女孩說，她正趴在靠椅上直盯著我瞧，淚眼汪汪的。

「Dubai.」她說。

「什麼？」

沒等來她的回答，神奇的一幕發生了，車體經過猛烈搖晃後突然靜止不動，此時車外陽光普照，彷彿方才的一切不過只是夢一場。

「好了，危機解除，」司機重新發動車子，「我們可以上路了。」

乘客們紛紛歡呼雷動，我這才留意到前座坐著一位瘦小的男子，那麼小女孩哪裏去了？

我站起身來尋找，可惜從車前找到車後依然無果。奇怪，莫非我眼花了？

「請問，」我問那個發育不良的男人，「你一直坐在這裏嗎？有沒有看到一個小女孩？她有棕褐色的卷髮，眼珠子是藍色的，很大、很漂亮。」

「我一直坐在這裏，沒看到妳說的小女孩，除非妳指的是坐我隔壁的。」

他的隔壁坐著一位老嫗，沒有八十也有七十了。

「謝謝！打擾了。」我坐下，感覺挺莫名其妙的。

等車子搖搖晃晃地抵達烏魯木齊，我的心才豁然開朗。

「啊！終於到了，我就要和小河公主見面，太叫人興奮了！」我心想。

長途汽車站附近有出租車站牌，排在我前面等候的正是大巴上那名瘦小的男子。

「到哪兒？」司機搖下車窗問。

「北京南路。」

“上。”

我忙喚住那名“短小精悍”的男人，問能不能一起拼車？我也要到北京南路。

“行，車資一人一半。”他豪爽地答。

我要去的地方是北京南路東2巷3號，心想反正同一條路，他在哪裏下，我便跟著下，再遠也遠不到哪裏去，沒想到踩了狗屎運。

“學……學長，我……我……能跟你一起進去嗎？”我滿懷期待地問。

“妳是……”

“我也是學考古的，”我把大學畢業證書從包裹拿出來給他看，“去年我曾到阿拉爾下田野，阿拉爾……你知道吧？！”

“知道，它位於天山南麓，同時也是阿克蘇河、葉爾羌河、和田河的交匯處，離這裏約有12個小時車程遠。”

“呵呵！太好了，我們都知道阿拉爾在哪裏……”

與我的強顏歡笑不同，“學長”的反應很冷淡，讓我的自信心瞬間垮掉一大半。

“妳知道這裏是考古研究所吧？”他問，樣子像在拷問一個笨蛋。

“知道。”

“没有這個牌子，”他舉起脖子上掛的名牌，“妳－進－不－去。
”

我表示正因如此，才會央求他帶我進去（否則我幹嘛裝得像個孫子？切！）。

“我為什麼要帶妳進去？我有這個義務嗎？”他問。

"你是没有這個義務，但看在我不辭千里遠道而來的份上，能不能……"

"不能！"

没想到"學長"人小脾氣大，直接讓我吃閉門羹。

被人晾在外面的滋味挺難受的，還好我没有玻璃心，心態調整一下後，立馬又生龍活虎。

"如果三兩下就能混進去，那就不好玩了，不是嗎？"我極具阿Q精神地想。

第十一章/八萬塊錢

烏魯木齊也有五星級大酒店，像是環球國際、美麗華、希爾頓、萬達文華……等。五、六百元的房費說貴不貴，可是我仍然選擇去住一晚只要25元的青年旅舍（還是那個"入不敷出"的破理由），雖是上下舖的六人間，衛浴還得共用，但比起大學宿舍，那要好太多了，只是位置有點兒偏，我得坐半個小時的公交車才能抵達北京南路，還好北京南路很繁華，但凡吃的喝的用的，步行距離都能搞定，所以我打算天一亮就去蹲守，天道酬勤，不信進不去。

然而連續蹲守了五天，除了臉頰被吹紅外，一無進展，保安甚至懷疑我有不良的企圖，趕了我好多次。哎！人生至此也算是觸底了，誰能想到平常自視甚高的我，有一天也會虎落平陽？

"妳怎麼還在這裏？"小個子男人問。

我正懷疑這個男人怎麼突然人間蒸發？沒料到今日又碰上，我趕緊把吃到一半的饢扔下。

"學長，我不是壞人，如果不信，我的身份證讓你收著。"我說。

他一語不發地轉身離開，我追了上去。

"拜託！只要讓我見小河公主一面就好，只是看看，我要求的不多。"

"還說要求的不多，"他停下腳步，很義正辭嚴的，"小河公主是國寶，豈能輕易示人？妳還是趕緊走吧！否則我叫保安了。"

看他仍是一副"公事公辦"的嘴臉，我放棄低三下四，躲到角落繼續吃另外半張饢。

實話說，新疆人的饢做得太好了，既結實又有嚼勁，同時還經餓，一張饢可以抵到下午五、六點鐘，等於變相幫我省了餐費。

然而到了中午時分，我還是破了戒，因為"學長"外出用餐，為了套近乎，我不得不跟著"陪吃"。

只見他兜兜轉轉後來到一棟建築物的二樓，入口很不好找，如果沒有熟人帶路，估計找不著。

"羊排抓飯。"他說。

"二十元。"

我的動作比他還快，把二十元掏出來給老闆。

"妳這是幹嘛？二十元就想收買我？休想！"說完，學長丟下自己的二十元。

這實在太令人尷尬了！

餐廳老闆看著我，等我做出反應，我只好說也給我來個一模一樣的。

小個子學長後來找了個靠窗的位子坐下，我也厚著臉皮和他坐一塊兒。他倒沒趕人，大概看吃飯的人多了，免不了要和他人拼桌。

「這抓飯裏有鷹豆、胡蘿蔔和葡萄乾，既營養又開胃；羊排也好吃，完全沒有騷味。還有，小菜和奶茶是免費的，可說是物美價廉。」

「妳在做吃播嗎？」他問。

「什麼吃播？我只是不知道如何打開話題，好比英國人，但凡找不到話題就談論天氣……」

學長冷冷地表示他不介意"安靜"地吃頓飯，所以我不用費盡心思找話題。

「可是……」

我話還沒說完，幾名橫眉豎目的壯漢圍了上來。

「你小子還有錢吃飯，看來不是真窮。」一個臉黑、肚腩大的男人說。

「我……兩天才吃上一頓。」

「我信你個老母雞！」另一名男子說完，用力踢了我們的桌子一腳，害我的羊排跌出盤外，「你把我大哥的話當成屁嗎？」

此時櫃檯那個外表和善的餐廳老闆提著刀過來，表情嚴肅地問流氓要店裏解決還是店外解決？

「得，」黑道大哥轉身面向學長，「我們在樓下等你，你慢點兒吃，小心別哽住了。」

腳步聲遠去後，我站起身往窗外看去，他們果然在樓下守候。

「你怎麼辦？」我重新坐下，「他們還拿著長短兵器。」

「能怎麼辦？」學長塞了一大口飯，「兵來將擋，水來土掩。」

我問要不要報警？他答報警也沒用，這是民間借貸糾紛，躲得了一次，躲不了第二次，如果不是孩子病了，他也不會借高利貸……

說完，他淚如雨下。

我說過我見不得女人掉眼淚，那是因為從來沒有男人當著我的面落淚，如今我終於知道，相較於女人的眼淚，男人的眼淚更具殺傷力，搞得我渾身難受。

"多少錢？"我問。

"八萬。"

"八……八萬。"

"原來沒那麼多，利滾利變成了八萬。"他解釋。

真是糟糕！我的銀行卡餘額只有一萬多，就算兩天後薪水到賬也不過三萬，離八萬塊甚遠。

"你放心，待會兒我先取一萬塊給他們，其餘的我再想想辦法。"

他抹去眼淚，問我為什麼要淌這個渾水？

"我也不知道，大概見不得男人掉眼淚吧！"我答。

我打電話給小月姨，說自己改主意了，願意陪她到三亞度假。

"為什麼？"她問。

"為了錢。"

她停頓了一會兒，問我要多少？我答八萬。

"把妳的銀行卡信息發過來。"她說。

不到兩個小時，手機短信發來匯款到賬通知，我立馬取款給學長。

"這……這叫我如何說是好？"他的眼睛濕潤了起來，"妳放心，一有錢我會還妳。"

"當然得還，我也是借來的。"

他望著用報紙包著的紙鈔發楞，眼看好幾分鐘過去了，他依舊無語，我只好催促他趕緊還錢去，省得又利滾利。

"今晚十二點，妳到考古研究所來。"他小聲地說。

我要他大可不必如此，幫他是另外一件事，兩者別混淆了。

"今晚十二點，逾時不候。"說完，他起身離開。

第十二章/巴士上的小女孩

按照老教授的說法，小河公主已經輪迴轉世到了迪拜，所以就算我看到了她的真身又如何？不過是具空皮囊而已。

實話告訴你，我對老教授的說法半信半疑，雖然他把那個橄欖大小的玉勒子轉送給我，仍没打消我的疑慮。這麼說吧！如果輪迴轉世一說成立，小河公主為什麼只告訴老教授的爹，而不是更年輕的我？還有，二辯那天老教授曾發誓若開玩笑，不得好死！結果隔天他就服毒自殺。我不知這算不算"好死"，但終究是死了。換言之，如果他真是胡謅而遭報應，我卻信以為真，豈不傻逼？

"妳終於來了。"學長說。

我看了一眼時間，oo:o5，遲到五分鐘。

"對不起，來時的路上遇到一隻流浪貓，它……"

"別廢話了，趕緊進去吧！我已經跟保安說好了，他會睜一隻眼閉一隻眼。記住，只能看，什麼東西都不能碰，懂嗎？"

我點頭，然後他交給我一張簡易地圖（不知道的還以為是命案現場繪圖，因為他以一個人體輪廓代表小河公主）。

"你不跟我進去嗎？"我問。

"不，讓妳進去已經有違我的職業道德，我不想做更過份的事。"

好吧！我理解。

"那……我進去了。"我說。

他揮揮手，然後轉身背對我。

這個簡易地圖其實是多餘的，因為我只要跟著燈光走就是。

"媽的，這個感應式燈光竟然是預先感應，未免也太酷了！"我心想。

是這樣的，對於初次到訪的人而言，這個研究所宛如一座大謎宮，好在有燈光指引，即使不小心走錯方向，燈光也會在下一秒亮起，好讓我重回正軌。

好了，要言不煩，我就直接給你說說初見小河公主的剎那。啊！那真是激情時刻，她果然如同傳說中一樣美麗，眼睫毛密又長，臉很小，五官比例剛好（大概就是所謂的黃金比例臉），雖然兩頰深陷進去，仍看得出是一張傾國傾城的容貌，至於身長……應該不到一米六。

我走過去，好更靠近女神一些，她被罩在玻璃櫃下，睡得很安詳。

"嗨！我是蘇青青，初次見面，請多關照。"我說。

雖然我們曾在夢裏相會，但真正面對面還是頭一遭。

"碰！"什麼東西落了地。

我轉過頭去，竟然是巴士上的小女孩。

“妳怎麼在這裏？”我左顧右盼，“妳父母呢？這個地方不是妳能來的。”

“Dubai.”她答。

Dubai? 什麼Dubai?

“碰！”我的身後又發出聲音。

我轉過頭去，除了小河公主靜靜地躺在玻璃罩下外，沒有任何異樣，於是我又將目光轉回來，可是小女孩已不見踪影。

媽的，這是撞鬼了嗎？

即便我是“蘇大膽”，此刻也嚇破膽了，忙往出口處奔去，還好燈光再次幫忙，不一會兒的工夫便逃出考古研究所。

“我以為妳停留的時間會長一點兒。”學長說。

“我也以為我停留的時間會長一點兒。”我驚魂未定地答。

“請把包裹的東西及口袋裏的東西都掏出來給我看。”

我問為什麼？他答怕我拿了研究所裏的東西。

切！就這麼不信任我？

雖然不高興，但我還是很配合他的工作，畢竟在常人眼裏的垃圾，很可能是考古學上的重要證物。

“這是什麼？”他拿著一個雪白如脂的東西問。

“別人送的禮物。”我答。

他邊轉動著橄欖大小的玉邊說：“這個東西很古老啊！上面還刻有槳形及卵圓形的線條。”

“是嗎？”我把玉搶回來查看，“這你也看得出來？我還以為是自然形成的裂痕。”

學長答他之所以留意到是因為小河墓地的每具棺材前都有一個立柱，男性死者的呈槳形，女性死者的呈卵圓形。簡言之，前者象徵男根，後者象徵女陰，有祈求部落人丁興旺的意思。

"原來如此。"我喃喃道。

"是誰送妳這麼珍貴的東西？"他問。

"是……不告訴你。"

"也罷。"他抬頭望天，"時候不早了，我們各自回去休息吧！"

我喚住他，問研究所裏的感應式燈光是怎麼回事？竟然還能指路，這太神奇了。

"什麼感應式燈光？研究所裏的燈都是手動的，經費緊張，所裏不可能把錢花在無用之處。"他答。

第十三章/小月姨

來時的路上花了三天的時間，回去同樣也是三天，加上蹲守在考古研究所外的五天，刨頭去尾的，回到家已是年假的最後一天。

"姐，妳去哪裏了？我以為起碼能跟妳看場電影。"暖暖說。

我把行李扔在門口，有氣無力地躺在沙發上，連逗一下長耳朵柯基的力氣都沒有。

"看什麼電影？過不了幾天，視頻網站就能看，還不用人擠人。"

"這妳就不懂了，大屏幕和小屏幕的視覺效果不一樣，看《復仇者聯盟》這種大片還是得用大屏幕看才刺激。"

"什麼呦！一場電影至少得幾十元，妳姐就為了省這個錢，在路上多顛簸了好幾個小時，把骨頭都給震散了。另外再告訴妳，封閉式車廂裏什麼味道都有，連在休息區吃碗泡麵也能把酸菜牛肉的味道給帶上車。"

暖暖咯咯咯地笑，她說我太誇張了。

"愛信不信！"我左右張望，"媽和爸呢？"

"聽健康講座去了。老實說，只要不吵架，他倆都能長命百歲，還聽什麼講座？"

這次換我哈哈大笑。

在笑聲中，我忽然憶起我妹怎麼這個時候回家？大學不是還在上課嗎？

此刻暖暖突然變得扭扭捏捏的，我要她有事啟奏，無事退朝！

"我打工的奶茶店倒閉了，所以回家蹭吃蹭喝。"她答。

這個理由聽起來很正當，但我有不祥的預感，她肯定有事掖著。

"還有呢？"我問。

"我想報雅思網課，需要兩千多元，可是我拿不出來……至少目前拿不出來。"

"妳學對外漢語的，考什麼雅思？"

暖暖答對外漢語的外語也要好，畢竟面對的學生都是外國人，不過最主要的原因是她想到美國深造，然後找份教職留下來。

這真是顆巨彈，炸得我頭昏眼花。

"爸媽都知道嗎？"

"我想等一切都確定下來再告訴他們，省得唸唸叨叨，搞得我心煩意亂。"

說的也是。

我二話不說，把手機拿出來，幾分鐘後暖暖便收到匯款。

"姐，不需要這麼多。"

"拿著，除了補習費，考試用書總得買吧？！還有，別老穿那幾件，妳不膩，我可看膩了。"

打腫臉充胖子的結果便是銀行卡裏只剩下九千多元，現在是月初，而我還得給父母買菜錢及零花錢，以致連牛仔褲的膝蓋部位都磨破了，我也捨不得換下。

"妳何時改當丐幫幫主了？"老闆問。

我一笑置之。

然而老闆娘可沒老闆有氣度，她直言好歹我也是銷售，穿得太差會被人看扁。

"妳out了，破洞牛仔褲是時尚，連破在哪裏都是有講究的，好比Amiri，等閒也要一萬多元一條。"我說。

"就算是時尚，我也接受不了，要嘛妳換件衣服上班，要嘛就別來了，妳自己看著辦！"老闆娘答。

不會吧？！來真的？

我望向老闆，他低下頭去，一副事不關己的模樣。

換作從前，我會立即拂袖而去，但現在不一樣，被社會洗禮過後，我務實多了，代價就是時不時得裝孫子。

"好！"我起身，"我這就買衣服去，絕對讓你們刮目相看！"

我在外貿成衣市場逛了又逛，仍然下不了決心，原因無他，買完衣服，銀行卡裏的錢肯定短少，加上我是寧缺毋濫型，那些俗氣的衣服根本不入我眼。

"青青，妳怎麼在這裏？"小月姨問，聲音像是中了大樂透。

說起來小月姨還是我的客戶，她老公去世後的一切瑣事都是由我代辦。看她守靈時哭得一把鼻涕一把淚，我便安慰了她一下，結果她把我當成救命稻草，說我是唯一關心她的人，別人則是假慈悲，目的是要錢。

想到後來我也因為義氣，打電話跟她要了八萬塊，現在大概已經被她列入假慈悲的名單內了吧？！

"我……買衣服……工作服。"我小聲地答。

"工作服不能在這裏買，這些都是外貿退回來的尾貨，要多Low有多Low。"

我百分百同意，但我口袋裏的錢買不起高級品呀！

小月姨要我別擔心，她什麼都沒有，就是有錢，跟著她就是。

一開始我們進的是香奈兒、巴寶莉、Prada……這類奢侈品牌女裝店，老實說，即便是褲裝也很"娘"，根本不符合我的Style。

後來我們又去了Boss、范思哲、阿瑪尼……當導購傳遞過來怪怪的眼神時，我決定打退堂鼓。

"要不定做好了，我知道有個裁縫師傅的手藝挺好的，不過找他的人很多，估計得等。"

"不……不用了……我穿舊衣或網上隨便買買就行。"

"怎麼可以這麼將就？妳還得陪我上三亞玩呢！我可不允許妳穿得像個流浪兒。"

她不說，我還差點兒忘記。

"那個……錢我會還妳，三亞的事……就算了，因為我把年假都用完了，今年已無長假可放。"

"我還以為是什麼大問題，八萬塊就別還了，放假的事我負責跟妳老闆說去，保證放行。妳就開開心心地買衣服，再開開心心地陪我玩，什麼事都別想，也不要有負擔，人生苦短，得及時行樂。"

我還是覺得不妥，於是當下她表示要買十個墓地。

"十……十個？"我睜大眼睛，"妳一個人也用不到十個呀！"

"所以妳就別再拖拖拉拉了，如果還是過不了心中那道坎，我只好買十個墓地，讓妳荷包滿滿，花錢也自在些。"

哎！話都說到這個份上，我總不能讓她因為我而買下十個墓地吧？！

"既然這樣，我們到Bosie看看。"我說。

Bosie主打無性別設計，風格揉合高級和復古，又加了點兒潮品元素。自從無意間在雜誌上看到，我就心心念念，只是價格太貴，一直沒機會穿上。

"那好，妳帶路。"小月姨答。

第十四章/香餑餑

小月姨其實是個命苦的女人，老公雖然多金卻易怒，一個不痛快就打她。自從被打到流產後，她便再也懷不上，結果給了老公出軌的藉口，如果不是小三的孩子後來親子鑑定不符合，估計她老早被休了。

"那妳還哭得這麼傷心幹嘛？"我替她斟了杯功夫茶，"我還以為妳嫁了個模範老公，所以捨不得他離去。"

"我是哭我自己，忍了二十多年才等來春天，這……這他媽的也太折磨人了。"她拿出手絹按了按自己的眼角。

我說過自己最見不得女人掉眼淚，所以握了握她的手，給予安慰。結果她反握住我的手，嘴裏說著我的好，如果早幾年認識，她的內心也不會這麼苦澀……

"呵呵！早幾年我還是未成年人，"我用力抽出自己的手，"給妳當女兒正好。"

我以為替自己找了個台階下，結果卻給了她想像空間。

"對呀！我們在一起得有個名目。嗯……這樣吧！對外妳就說我是妳乾媽，我不會在意的。"

她不在意，我可在意，我又不是没媽的孩子。

"這事緩緩再說，"我把茶果盤往她的方向挪，"吃個冬瓜條，很配功夫茶。"

此時的我們已經買完衣服，我的和她的加起來有二十多件，她的部分已經委託店家送貨上門，我則害怕父母盤問，選擇自己拎著。後來小月姨說她腿酸，我們找了家茶館喝茶，沒想到茶資這麼貴，兩個人要三百多元，對二線城市而言，簡直搶錢！

"妳也吃哈！"她又把茶果盤推回給我，"我就喜歡看妳吃東西。"

說完，她兩眼直視我，目光炯炯。

我拿起一塊腐乳餅咬了一口，那滋味真是……一言難盡呀！

隔天我穿著全新的Bosie上班，老闆娘圍著我轉了又轉，直說好看。

"當然好看，真金白銀買的。"

"小月真捨得花錢……"她喃喃道。

"什……什麼？"我的心喀噔了一下。

老闆娘要我別裝了，買衣服不是為了去三亞嗎？放心，她已經同意放我假，想玩多久就玩多久。

"可……可是……"

"没什麼可是，妳的工作，我和老頭子分擔了，如果真不行，再雇個跑腿的。"

我問小月姨給了她什麼好處？

"海南不是免稅嗎？她答應回來後送我幾件奢侈品，同時也給老頭子帶幾條外國煙，妳說我好意思拒絕嗎？"

完了！如果老闆和老闆娘知道了，代表整條街很快也會知道，我還要不要臉？

"小月姨也就這麼說過一兩回，我還没決定去不去。"

"去！幹嘛不去？"老闆開口了，"這個風騷女人若找我，半夜我也會爬過去。"

"喂！"老闆娘推了老闆一下，"想死是不？"

老闆呵呵呵地笑，他說小月的老公留下數億元遺產，他這是為了他們這個小家做犧牲，否則就算她倒貼，他也不鳥她……

雖然我跟小月姨只有數面之緣，連朋友都算不上，但聽一個男人嘴巴不乾不淨的，著實心裏難受。

"我去幫客戶開死亡證明，下午還得佈置靈堂。"我說。

"去吧！當一天和尚撞一天鐘，盡量在度假前把手頭的工作完成，省得交接時麻煩。"老闆娘又露出她苛刻的一面。

"知道了。"我拿出電動車鑰匙走出店外。

週五下班前我把工作交接了一下，老闆娘問我何時回來？

"六號回來，七號應該可以上班。"我答。

"住哪家酒店？"

"小月姨說不住酒店，改住特色民宿。"

"一張床？"

老實說我也不清楚幾張床，但我回答兩張，而且是上下樓，有兩個不同的出入口。

"真奇怪！一起出去玩卻分開來住……"她喃喃道。

老闆要老闆娘別操那個心，兩個女生能幹出什麼事？若真有什麼，那也只是玩玩而已。

我没好氣地答當然只是玩玩，不然還會是什麼？論年紀，她能當我媽了！

～

從我的家鄉到三亞没有航班，我們得到上海乘坐飛機。

當小月姨的大奔開進我家小巷時，引來左右鄰居的注目，紛紛品頭論足。

"快上車！"小月姨用手搗住口鼻，"妳怎能住在這種地方？"

我把行李丟進後車廂，快速上車，直到車子離開巷子口，我才答："不能住也住了24年了。"

"原來妳24歲，嘖嘖嘖……血氣方剛啊！"她說。

我以為"血氣方剛"不適用在我身上，畢竟我是個女的（雖然我也經常懷疑其真實性）。

"這車是妳的？"我邊撫摸車內的條紋黑桃木飾板邊問。

"是的，我家還有蘭博基尼和勞斯萊斯，妳都可以拿去開。"

我弱弱地答自己没有駕照。

"學開車不難的。"

"是不難，但養車很難。我現在騎的小牛電動車已經很好了，穿梭自如，也没有停車的麻煩，更不用繳納停車費，好處多多。"

小月姨看了我好幾眼。

"怎麼了？"我問。

"青青啊！小月姨什麼都没有，就是有錢，只要妳一心一意對我，我不會虧待妳的。"

我不知道她為什麼老是談錢，我雖不富裕，但也過得去（我指精神層面）。

"妳的錢自己留著，陪妳玩過三亞，也算兩清。"我冷冷地答。

"看來我真沒看錯人，妳是真心對我好，而不是看上我的錢。"說完，她的嘴角上揚。

我頓時有種即使往自己身上潑糞，她也認為芬芳無比的感覺。

"是呀！我是完美的代言人，千載難逢。"我忍不住自嘲。

第十五章/雞同鴨講

這棟別墅位於海棠灣，兩室兩衛，有一個私人泳池，地下一層還有健身器材。

"妳有什麼需要，打個電話給管家即可，哪怕要盒雞蛋，她也會送過來。"小月姨說。

我邊把電視櫃上的擺飾拿起來查看邊問："這樣的別墅，一晚要價多少？"

她答八千。

"八千？"我揚起聲。

"還有一萬多的，只是我們只有兩個人，用不到三間臥室。"

有句話"朱門酒肉臭，路有凍死骨"，八千塊錢睡一晚，未免太過？

也許心有不平，當我把擺飾放回去時下手就重了些，結果那隻紅鶴的細長腿便應聲斷了。

面對突發狀況，我下意識彎腰去撿，沒想到它的斷面如此尖銳，我的右手食指瞬間被劃下一道口子。

這幾滴血我根本不看在眼裏，但是小月姨不一樣，好像流血的人是她不是我。

"快來人呀！有人流血了。"她對著電話嘶吼。

沒幾分鐘管家便來敲門，我的右食指因此多了塊創可貼。

"我看還是找個醫生看看，萬一有破傷風怎麼辦？"小月姨憂心忡忡地說。

管家寬慰她這個玻璃切口很乾淨，沒有塵土鐵屑，問題不大，應該不需要看醫生……

"我乾女兒的命比什麼都重要，妳現在把醫生叫來，上門費我付。"小月姨趾高氣昂地說。

雖然她的出發點很好（我還挺感動的），但為了這麼點兒小傷把醫生叫來，未免也太勞師動眾了。

我決定轉移注意力。

"肚子好餓啊！這裏有吃的嗎？"我問管家。

"有，妳們可以到餐廳用餐，也可以選擇送餐服務。"

"謝謝！我們馬上出門。"

管家離開後，我也催促小月姨整裝出發。

"妳確定不看醫生？"她問。

"看到這個疤沒？"我指著自己的肩胛骨，"當時血流如注，我不過用生理鹽水沖洗一下再蓋上紗布而已，和這個比，今天的小傷像蚊子咬。"

直到用餐完畢，她才真正放下，而此刻已日薄西山。

"我們到海邊走走吧！不是說夕陽無限好嗎？"她提議。

我無所謂，反正她怎麼開心怎麼來。

小月姨說我真體貼，不像她那個死鬼，連個公園也沒陪她走過。

我們所住的別墅離海很近，我以為必是人潮洶湧，沒想到只有零星的幾位酒店客人在玩沙逐浪。此時落日餘暉已把藍色的海洋染成了耀眼的殷紅，晚風徐來，我們赤足走在沙灘上，一步一腳印，很快暮色便降臨。

就在黑暗之中，小月姨問我："妳知道海棠灣的由來嗎？"

我回答不知道，於是她告訴我這個淒美的民間傳說：

很久以前，椰子洲島附近的居民大多以捕魚為生，不知何故，有好長一段時間海裏不見魚蝦，漁民無奈向海神求助。當地的王娘母告訴漁民，海龍王的妻子死了，只要給他送去一個年輕貌美的未婚姑娘，他就會收起魔法，讓漁民恢復往日魚蝦豐足的日子。為了鄉親，這一帶的許多姑娘都自告奮勇獻身，最後一致決定由王娘母拋檳榔，接住的姑娘便嫁給海龍王。檳榔後來被一位叫海棠的姑娘接住，雖然她已有了心上人阿明，但海棠仍毅然決然地跳進深不可測的海洋裏。當夜，阿明也跳入海裏履行與愛人同生共死的諾言。

海棠姑娘投海後的第二天，漁民果然又能滿載而歸，為了紀念這位姑娘，人們便把這片海灣喚名"海棠灣"……

"嗯……這故事挺美的。"我說。

"如果妳也投身海底，我會毫不猶豫地跟隨妳。"

聽完我嚇壞了，這是哪門子道理？我甚至連她姓啥都不知道。

"呵呵！這提醒我，如果有一天我想自盡，一定不能通知妳。"

我們無言地走著，一直走到海邊的木棧道才停下腳步，這時我才發現小月姨已淚流滿面。

"妳怎麼了？"我問。

"沒想到有人會對我這麼好，因為害怕我跟著輕生，所以選擇一個人離世。清清，妳的善良我會牢記在心，永生不忘。"她答。

老天！我和她好像不在同一個頻道上，我說東，她竟意會成西，這要如何溝通？

"我們還是回去吧！晚了危險。"我說。

"好，妳說什麼是什麼，全聽妳的。"說完，她笑得像個孩子似的。

第十六章/夜半哭聲

小月姨把"全都聽妳的"發揮到極致，我說肚餓，她馬上問我想吃什麼；我說忘了帶泳衣，她立馬帶我去買；我不過是多看了某樣東西幾眼，她喚來店員打包⋯⋯

"妳不需要這樣。"我望著打包好的T恤說。

"我看這件衣服挺適合妳的，妳穿上一定好看。"她答。

我之所以留意到這件T恤是因為上面寫著I Love NY（我愛紐約）。紐約在美國，讓我憶起了暖暖，她想到太平洋彼岸討生活，如果她真去了，代表最親近的人離開我，不無遺憾⋯⋯

"妳怎麼了？"小月姨問。

"沒什麼。"

"如果真有什麼，妳一定要告訴我，我什麼都沒有，就只有⋯⋯妳了。"

聽完，我差點兒吐了一缸子的血，什麼時候我成了別人的附屬品了？

我把她的手推開，義正辭嚴地說："妳是妳，我是我，三亞之旅後，我倆再無瓜葛。"

在這裏插一句，我們在三亞的這幾天，她老勾著我的手臂，我拒絕了幾次，她又故態復萌。人是習慣性動物，久而久之，我也無所謂了，現在因為要拉開彼此的距離，我才又推開她。

"妳看那是什麼？"

我順著她的手指望過去，那是屹立在海中的一個小島，鬱鬱蔥蔥的。

"應該是個島吧！"我答。

"妳不好奇嗎？"

"好奇什麼？"

"好奇島上有什麼？"

聽她這麼一問，我還真好奇。

小月姨說既然來了，何不到島上看看？也許以後沒機會了。

說的也是。

我以為再怎麼著也得回去拿點兒東西再出發，誰知她拉著我直接上碼頭，二十多分鐘後我們便上了島，這才發現這個島嶼景色迷人，不僅陽光明媚、鳥語花香，湛藍的海水還清澈，但這些都不如小月姨來得震撼。

"快！"她向我招手，"我們坐水上摩托車去。"

水上摩托車的時速60公里已經很駭人，小月姨就有辦法開到120。

從摩托車下來後，她緊接著又拉我玩動力滑板、香蕉船、彩虹拖傘、水上浮毯……

我是年輕人，她是中老年人，可是她卻玩得比我還High，似乎有用不完的精力。

"大姐，這些都是極限運動呀！"我忍不住說。

"那又怎樣？過去我太壓抑了，現在正好釋放出來，"她看著我，眼光壞壞的，"妳是不是害怕了？"

"切！我害怕什麼？"

"害怕三十如狼、四十如虎、五十......禽獸不如呀！哈哈哈......哈哈哈......"

看她笑得花枝亂顫、前俯後仰，我突然感到無奈，這是哪裏來的瘋婆子？

由於怕出人命（誰知道她又要玩什麼要命的水上活動項目？），我堅拒留在島上，最終趕上最後一班遊船回去。上岸後，天空開始飄起細雨。

"没事的，一會兒就停。"小月姨說。

然而天空不作美，不一會兒的工夫便從小雨轉中雨，再從中雨轉大雨，回到別墅，我倆已成十足的落湯雞。

"青青，洗澡去！"這時的小月姨化身成我媽。

還好房屋設計成兩臥兩衛，誰都不會礙著誰。

我走進自己的淋浴間，剛洗没多久，門被打開，小月姨走了進來，全身赤裸。

"妳......妳幹嘛？"我用手遮住自己的隱私部位，滿臉驚恐地問。

"我的浴室停水了。"

"停......停水了，"我抬頭望著水流如注的花灑，"怎麼會？"

"不知道，"她一腳跨進來，"妳洗妳的，不用管我。"

媽的，這要怎麼洗？

我快速裹上浴巾，奪門而出。

没人告訴我一個中年女人的身體一點兒美感也無，脂肪到處堆積，以致屁股、小腹及大腿有白色的肥胖紋，往下一看，天哪！小腿還青筋暴起。

"我不想老，死都不要！"我心想。

由於害怕小月姨再來騷擾我，我早早就上床，上床前不忘搬來椅子堵在房門口。如此一來，只要有人闖入，我會第一時間知道。

然而一整夜我都睡不安穩，原因在於大雨滂沱，打在屋頂上的聲音劈裏啪啦響，我不禁擔心屋內會不會進水？因為客廳舖的可是上好質量的波斯地毯呀！

"嗚嗚……嗚嗚嗚……"

這是什麼聲音？莫非貓頭鷹在叫？

"嗚嗚……嗚嗚嗚……"

這次我聽清楚了，不是貓頭鷹在叫，而是有人在哭。

考慮了三秒鐘，我還是決定去安慰人，甭管她為了什麼哭泣。

第十七章/生不如死

我敲了敲門，無人回應，但哭泣聲持續著。

"小月姨～"我推開房門，把頭探進去，"妳怎麼了？"

房內本來漆黑一片，突來的亮光讓我閉上了雙眼，再睜開時，我看到一個不施胭脂的女人坐在床上，頭髮亂糟糟的，一副梨花帶雨的模樣。

"我怕打雷。"她答，聲音帶著鼻音。

"打雷沒什麼好怕的。"

"可是我還是害怕。"

此時屋外忽然又雷聲大作，她嚇得擁緊被褥。

我走過去"安慰"她，但她顯然誤會了，抱緊我不說，還上下其手。

"妳有病是不？"我推了她一把，"噁不噁心人？！"

我站起來要走，她過來阻止，還因用力過猛，整個人跌坐在地上。

"別走！"她淚如雨下，"沒有人愛我，一個也沒有，哪怕假裝也好，妳⋯⋯妳假裝愛我可以嗎？"

呵！我要如何愛她？我們前後不過認識幾天而已。

"妳要我打電話叫⋯⋯叫男公關嗎？"我問。

"不，我誰都不要，只要妳。"她伸手向我，"放心，只要抱抱。"

眼前的這副景象一點兒美感也無，一個上了年紀、顏質又欠佳的女人伸手向我索取擁抱，真讓人無語。

"算了，妳走吧！"她重新回到床上，然後躲進被子裏嗚嗚嗚地哭泣。

我心一軟，舉了白旗，誰讓她的年紀足以當我媽，不是說要愛護老人嗎？

上半夜其實相安無事，我也習以為常，畢竟和"女孩們"同床共眠的經驗豐富（下田野時睡的就是大通舖），但下半夜就不一樣了，那個如狼似虎的飢餓女人開始行動，她把我的手放在她的乳房上搓揉，我下意識想收手，但⋯⋯

"噓！妳感受一下，只要一小會兒的時間。"她說。

因為躊躇了一下，我錯過抗拒的最佳時機。隨著一上一下的節奏，我身體裏的那座眠火山被喚醒了。

"不，這不是真的。"我告訴自己。

可是身體騙不了人，我主動向小月姨靠了過去，而她已經扯下那件薄如蟬翼的睡衣，全身心地迎接我的到來。

自從戳破那層窗戶紙，我每天活在羞愧與痛苦之中，連班也上不了。

"妳說六號回，七號上班，現在都十五了，妳以為公司是妳家開的？"老闆娘打電話過來炮轟。

"告訴過妳，我病了。"

"病了？什麼病會病上一個禮拜？莫非得了絕症？"

我一聽來氣，說話也就不那麼中聽了。

"没錯，我是得了絕症，是被狼心狗肺、蛇蠍心腸的老闆娘給氣的。就算死，我也不會讓妳接我這筆生意，因為妳就是一個貪得無厭且有體臭的白髮女魔頭！"

發洩完畢，我掛上手機。没一會兒的工夫，手機鈴聲又響，我任它響個一千兩百回，一概不理！

餐桌上有兩道菜，一個是豆芽炒豆乾，另一個是番茄蛋花湯。

"妳今天没買菜？"我問母親。

"買了，這不是嗎？豆芽、豆乾、番茄和雞蛋。"

我爸說再這麼吃下去，他倒不如到寺廟當和尚。

"你去呀！剛好斷了那些鶯鶯燕燕。"母親拿起勺舀了一碗湯，"話說回來，我容易嗎？巧婦難為無米之炊呀！"

這無疑當頭棒喝。

我起身回房，再回到餐桌時，我把兩百元交給母親。

"怎麼只有兩百？現在買塊肉還得好幾十。"媽說。

"下午我回公司，順便取款。"

"這就對了，"母親眉開眼笑，"我還以為妳被公司給炒了，別忘了我們全家就指望妳的薪水度日。"

等心理建設得差不多後，我跨上電動車往公司騎去。一路上我想像著會有的場面，無非被老闆娘罵到臭頭，再被老闆唸叨幾句，只要我裝孫子裝到底，問題應該不大。

實際上，問題比我想像得還要大，因為我看到小月姨出現在店裏……

實話告訴你，自從那夜之後，我便將奪走我初夜的人拉黑，如今她出現在我公司裏，我不知道她想幹嘛，如果老闆娘被迫出賣我的家庭住址，我豈不無處可逃？

想至此，我騎著電動車大街小巷亂竄，如果不是囊中羞澀，我真想躲進招待所內（没錯，我連招待所也住不起了）。

思前想後，我決定在公園的長條椅上窩一晚，可是每當快入睡時，我媽的索命連環Call便來到，搞得我神經衰弱。

"這輩子真欠她了。"我心想，隨即關上手機。

雖然暫時不會再被手機鈴聲騷擾，我反倒睡意全無，索性坐起，這才發現有個流浪漢直盯著我瞧。

"你想幹嘛？"我問。

"妳睡了我的床。"

我忙道歉，起身把"床"還給他。

没有了棲身之處，我決定還是回家去，就算河東獅吼也認了，我總不能一直在外面流浪吧？！

"妳回來了。"我爸坐在客廳沙發上，手裏拿著晚報，"妳媽擔心死了。"

"媽呢？"

"睡了。"

擔心我的人還睡得著？真令人費解呀！

"我……我回房去了。"

"青青，妳坐下，我們談談。"

哎！該來的還是來了。

既然伸頭一刀，縮頭也是一刀，我索性當個勇者。

"說吧！"我坐下，一副水來土掩的姿態。

"今天下午有個女的上門來，她說自己開了家淘寶店賣女性內衣，妳前去求職，因為害怕別人說三道四，遲遲無法下決定，有沒有這回事？"

這個小月姨真的什麼都敢說，沒有的事也說得有鼻子有眼睛。

"算是吧！"我答。

"那就好，"父親明顯鬆了口氣，"我和妳媽商量了，與其在喪葬公司上班，我們寧願妳賣女性內衣，何況月薪還這麼高，沒有拒絕的道理。"

月薪高？我一頭霧水。

父親隨即解釋，原來女老闆聽完母親的抱怨（家裏無米可炊），當場匯了十萬塊錢過來，說是預付兩個月的薪水。

"我操！"我氣急敗壞，"你們怎能這樣？快，把錢還回去！"

"晚了，黑牛上門要賭債，妳媽二話不說給還上了。真是作孽呀！這下子妳媽又有本錢去賭……"

"也不怕說謊咬到舌頭，"母親怒開房門，"我不過欠了一萬塊錢不到，你呢？是誰一個晚上就花掉兩萬多？"

"我說了好幾遍，錢花在理療上，而且也不是一次性花光，我還可以光顧半年，等於打了對折。"

"放屁！是不是……"

接下來爸媽又落入永無休止的口水戰之中。

我默默回房，同時和衣躺下，想到自己又要面對小月姨，簡直生不如死！

第十八章/Dubai

由於心中有氣，我没吃早餐，也錯過了午餐。

"妳是怎麼了？"母親敲我房門，"不吃飯想當神仙嗎？"

我仍不吱聲，於是母親告訴我，下午暖暖回家，她得上市場買斤排骨給她補補身體。

這就是我媽！雖然錢是我掙的，但每天吃的不是豆腐青菜，就是青菜豆腐，偶爾有個葷的，也是葷素搭配，少有純肉。現在暖暖一回家，我媽就提著菜籃子去買菜，買的還是價格相對昂貴的排骨，這未免也太不公了。

糟心的事還不止此，母親剛走没多久，我又聽到開門及關門的聲音。

"我說的没錯吧？我媽前腳剛走，我爸後腳就跟上。"我對長耳朵柯基說。

它搖搖尾巴，似乎同意我的言論。

〜

暖暖進屋的時候與海底撈的外賣小哥擦肩而過，那個年輕男孩沒忘了把堆在門口的生活垃圾給一併帶走。

"哇！妳怎麼知道我中午沒吃？又怎麼知道我最愛吃海底撈？"

這個問題恰巧是我想問的，只是詢問的對象不同罷了。

"既然中午沒吃，趕緊坐下，這個份量足夠讓四個人吃飽。"我說。

我們才吃沒幾口，母親開門進來，手裏提著好多菜。

"我逛了好久的便民菜場，晚上就想做頓好吃的，妳們倒好，先吃上了。"媽抱怨。

我妹馬上撇清，表明火鍋是我點的，跟她一點兒關係也沒有。

"真巧！路上遇到小月，我說我家青青生悶氣，一整天都沒進食，"母親面向我，"結果妳馬上打臉，真叫外賣了。"

聽完，我差點兒被到嘴的毛肚給燙著了。

"小月？誰是小月？"暖暖邊涮羊羔肉邊問。

母親解釋小月是我的新老闆，開淘寶店舖的，是個大好人……

"好人寫在臉上了？"我嗆聲，"我都看不出來，妳倒看出來了？"

"怎麼不是好人？給妳那麼多的薪水，可見不是個惡老闆，我還沒見過這附近有哪個銷售能月入五萬。"

暖暖忙問賣的什麼？母親答女性內衣。

"女性內衣應該賺不了那麼多，我猜賣的是情趣用品。"我妹答。

母親一聽，恍然大悟，很正經地對我說："青青，賣情趣用品也沒什麼不好，只要不賣身，我和妳爸是不會反對的。"

哈！小月姨饞的正是我的身體，叫我如何啟口？

"妳們吃吧！我溜狗去了。"說完，我叫上長耳朵柯基。

那隻狗沒有像往常一樣精神抖擻，相反的，它挺不樂意的，大概以為我會賞幾塊肉給它，而不是中場離席，害它一無所有。

我牽狗沿著河堤走，當四下無人時，那個尾隨很久的跟踪者終於趕上來。

"火鍋好吃嗎？"小月姨問。

"還湊合，"我邊走邊答，"下次別這樣了，我不領情！"

"青青，我……我是不是傷害妳了？"

我驟然停下腳步，反問："妳說呢？"

這一問，打開那女人的話閘子。她說自己打小就命苦，後來還所遇非人，既然上半輩子沒過好，下半輩子就得彌補過來。也不知為什麼，自從遇見我，滿腦子都是我的影子，就算我要天上的星星，她也會摘下來送給我，只為博我一笑。

我直言自己不需要什麼星星月亮，只要她在我眼前消失，我就會天天開心。

"這個不行，其他都可以。"她答，眼神無比堅毅。

臥槽！粘上橡皮糖了。

我眼光一掃，腳底下是湍急的河水，遂心生一計。

"只要妳游到對岸，我就相信妳的誠意。"

我之所以這麼說是算準她會知難而退，因為三亞之行她曾告訴我，她的泳技一般般，所以做水上運動時格外刺激。

如今沒有了救生衣，也缺乏救生員，我不信她會冒這個險。

“妳不是開玩笑的吧？！”她直勾勾地看著我問

我答不開玩笑，同時催促她快跳。

她考慮了幾秒鐘後，很嚴肅地說：“青青，我愛妳，至死不渝！”

話音甫歇，她縱身一跳。

若不是長耳朵柯基對著河水一陣狂吠，我恐怕還清醒不過來。

望著水中載浮載沈的人，讓我想起了郭美芳。

媽的，這輩子欠她倆的。

我脫下自己心愛的耐克運動鞋，又把手腕上一百元買來的手錶給卸了，這才跳入河中救人。

隔天，我見義勇為的行為上了報。

“姐，報上說的可是真的？”暖暖放下報紙問。

“不知道，没人採訪我，多半是編出來的。”我意興闌珊地答。

“救人的事先擺一邊，報上說這個龔小月富到流油，北上廣深有好幾棟樓出租，每個月光收租就有上百萬，妥妥的人生贏家。”

我不知道何謂人生贏家，只知道她把力氣用在不對的地方，並且硬生生拖我下水。

“萬惡的資本家呀！”我不禁感慨。

“我得走了，”暖暖起身，“這個週末回來就為了參加同學會。”

她一站穩，我才發現她的胸脯被一件緊身T恤給包裹住，上面寫著：I Love NY。

"這⋯⋯"我指著她的衣服。

"噢！翻妳衣櫃找到的，妳該不會不借吧？"

我要她拿走，本來就是買給她的。

"太好了，謝謝姐。"她給了我感激之吻，"告訴妳，同學中有人買了I Love Dubai的T恤，我正好拿這件跟她互別苗頭，嘻嘻！"

Dubai? 這個名字聽起來好熟悉⋯⋯

暖暖哈哈大笑，問我該不會不知道迪拜的英文是Dubai吧？

我還真不知道，反問迪拜的英文不應該是Dibai嗎？

"這個妳得問最早的翻譯人員，好比為什麼Washington不翻譯成'哇盛疼'，而是華盛頓？"

暖暖以為她說了個笑話，我卻笑不出來，因為我憶起那個藍眼珠小女孩，她對我說了兩次"Dubai"，一次在大巴上，另一次在新疆考古研究所內，兩次都是說完後就人間蒸發，邪門得很！

第十九章／無語問蒼天

在母親的再三催促下，我提著雞湯去醫院慰問小月姨。

"我媽讓我帶雞湯給妳。"我說。

"坐，"她指著床邊的座椅，"妳媽有沒有問我為什麼跳河？"

"沒有。"

其實母親問了，我回答小月姨被長耳朵柯基的狂吠聲給嚇到，一腳踩空，掉進河裏（這完美地解釋我為什麼會下河救人）。

"聽說我們的事情上了報。"小月姨說。

這個"我們"聽起來很刺耳，我壓根兒不想和她有任何關係。

"也難怪，最近沒什麼大新聞，連母豬生十隻豬仔也會上報。"我答。

大概因為我提到生育，勾起了她的傷心往事。

"我要是有個孩子就好，也不會整天胡思亂想或擔心沒人養老送終。"

"怎麼會没人養老送終？聽說妳有好幾棟樓，賣掉其中一個住進高級養老院裏，妳的晚年會比任何人來得舒服。"

她答金錢可以換來服務，但換不來真心。

"這倒是，強扭的瓜不甜嘛！"我一語雙關地說。

她没接話，反而告訴我今天下午她出院，雖然約了車，但讓司機大哥攙扶總是彆扭，問我可不可以幫這個忙？

我連陌生人都願意拉一把，何況眼前人已經有過數面之緣。

"行，我護送妳回家。"

城市之間有鄙視鏈（所以有一線、二線、三線……城市之分），而一個城市裏又劃分很多區，富人一個區，窮人一個區，彼此井水不犯河水。如今我越界來到富人區，不禁有種時空穿越的感覺。

按鈴後，一個胖胖的女人來開門。

"阿水，妳別扶我，我有青青，妳先進去泡壺茶。"小月姨說。

叫阿水的女傭一離開，我小心翼翼地扶著屋主人往裏走，眼前是一條用鵝卵石鋪成的小路，小路兩旁花木扶疏，往左一拐有扇月亮門，進入月亮門後便來到別墅主體，共有三層，外牆是淺黃色大理石牆面，屋瓦則呈橘紅色。

進屋後，我扶她坐下。

"我走了，還得上班呢！"我打退堂鼓。

"上什麼班？妳的工作已經有人頂替，也是個大學生。"

這怎麼可能？雖然我和老闆娘在電話裏吵起來，我還說了過份的話，但總不致於什麼都没交接好就辭人吧？！

小月姨說我若不信，可以打個電話求證。

想到會有的火爆場面，我果斷答不用，炒了就炒了，工作再找就有。

「既然不用趕著上班，那麼坐下來喝杯茶再走。」她說。

此時阿水捧著茶水過來，我又剛好口渴，索性坐下。

「現在的工作不好找，加上人心險惡，到處都是坑，一不小心就會被騙。」小月姨又說。

我答能怎麼辦？人浮於事，不好過還不是天天過？

「如果妳不嫌棄，我有幾棟樓出租，妳就幫我打理打理，我不會虧待妳的。」

她沒提淘寶店舖的事，可見真是胡謅的，同時也證實報上所言不假，她真是個包租婆。

「這個工作交給仲介公司打理就行。」我說。

「我不信任他們，我只信任妳，如果不放心，我們可以簽合同。」

這不是放不放心的問題，而是我不想再次見到她，一分鐘都令人難受。

見我猶豫，她退而求其次，言明做兩個月就好。

我問為什麼是兩個月？她答她給了我母親十萬塊，等於兩個月的薪水她已預付了。

糟糕！怎麼忘了這個？偏偏我父母已動用了那筆錢，而短時間內我也找不到來錢快的工作，即使有，領取工資也是一個月以後的事

考慮再三，我只能硬著頭皮接下這份工作。

小月姨聽到我的決定很開心，她說擇日不如撞日，今天就開始上班吧！

想到早上班也能早解脫，我很爽快地答應了。

幾天下來，我發現所謂的"打理出租屋"不過是掛羊頭賣狗肉，因為所有的商品房及辦公樓都已出租出去，我要做的無非是當租客退租時差人打掃，然後重新找新租客，而這個往往幾通電話就能解決，需要我親自出馬的機會微乎其微。

雖然工作少，但不表示我可以閒賦在家，因為我得在小月姨家坐班（朝九晚五），以應她的不時之需，譬如陪聊、陪吃、陪玩......等。

針對"名不副實"的現象，我也曾有過"甩擔子不挑"的念頭，但在殘酷的現實面前，我再一次妥協。

"蘇青青呀蘇青青，趕緊找下家吧！沒有了收入來源就只能做陪笑的工作。"我對自己喊話。

於是白天上完班，回到家裏我便狂找工作。我的理想月薪不低於一萬五，如此一來，除了應付日常開銷，我還能攢點兒錢遠遊，因為自從知道那個神秘小女孩說的是"迪拜"後（老教授曾說小河公主已經輪迴轉世到了迪拜），我心中的那盆火重新被燃起。沒錯，我還是想找到小河公主，省得她一直輪迴，到不了極樂世界。

然而理想很豐滿，現實卻很骨感，目前找得到符合條件的工作，月薪只有五千元上下，若想達到一萬五，除了重回老東家，就只剩陪闊太太玩樂了。

哎！我該怎麼辦？

第二十章/謠言

人真是習慣性動物，剛開始我對小月姨很抗拒，對這份"事少、錢多、離家近"的工作也覺得受之有愧，但久而久之，我接受了，甚至處之泰然，因為小月姨對我情深義重，平日噓寒問暖不說還有求必應。不諱言地說，她滿足了打小以來我一直從缺的母愛，雖然這份愛看似有點兒畸形。

這一天，小月姨說要去洗浴中心，我以為她指的是附近的公共澡堂，洗澡、搓澡、修甲、拔罐……一整套做下來也不過一百元上下。

"行，我陪妳去。"我說。

結果車子左拐右繞後竟駛向上海市中心。

"不是洗澡嗎？"我問。

"是洗澡呀！這是開在五星級酒店裏的洗浴中心。洗完澡再讓按摩師傅按兩下，保管妳快樂似神仙。"

當我們從洗浴中心的更衣室走出來時，眼前一個個赤條條的身軀在眼前交錯，豐乳肥臀的，好不壯觀！

"請把浴袍脫了。"服務人員對我們說。

小月姨很爽快地脫下，我卻遲遲沒有行動。

"妳是不是第一次上洗浴中心？"小月姨問我。

"是。"

"別害臊，這裏全是女的，男賓在另一側，分開來著。"

這正是我害怕之處，我應該到男賓那邊去，看到這麼多光裸著的女性軀體，我感到無所適從。

"妳怎麼了？"小月姨再度柔聲地問，"是不是不喜歡？如果不喜歡，我們換別家。"

換別家？說得輕巧！光門票一個人就得四百多，還沒算上按摩的費用。

"不用換了，"我脫下浴袍，"不過洗個澡，何難之有？"

洗完澡，我們來到小包間，師傅幫我在膝蓋上覆上薑片，接著幫我按腳。等足療做完，另一個師傅幫我做精油推拿，我感覺全身的血脈都被打通了。

"舒服吧？"小月姨問我。

"嗯！"

"現在吃飯去，我愛極他家的清粥小菜。"

其實餐廳提供的不止清粥小菜，還有上海的四大金剛（大餅、油條、粢飯、豆漿）、牛腩麵、小餛飩、鴨血湯、抄手……等。

"這麼好的地方，怎麼客人不多？"我邊吃邊問。

"人少才清靜，我最怕人群扎堆。話說回來，貴有貴的道理，首先就刷掉不少窮人，這就是VIP的特權。"

窮人？這說的不正是我？

想到如果沒有小月姨帶著，我不也被排除在外？心中不免鬱鬱。

“妳別多想哈！我的錢就是妳的錢，只要能讓妳開心，我什麼都做得出來。”她說。

“我什麼都做得出來”這句話很危言聳聽，但小月姨來真的，幾分鐘後便讓我領教它的威力。

“妳是怎麼搞的？沒長眼睛嗎？端個果汁也能灑出來。”小月姨大發雷霆。

那個服務員拼命賠不是。

“算了，”我把被果汁弄濕的手錶脫下來擦拭，“她不是故意的。”

這隻錶是我用人生中的第一筆收入買來的，雖然只花了一百元不到，但對我的意義重大，所以挺捨不得它被淋上甜膩的果汁。

大概看我面有愁容，小月姨竟然怒搧了那個年輕女孩一巴掌，驚動了洗浴中心的經理。

我嚇壞了，趁雙方還沒將戰情升級，趕緊滅火。

“對不起，因為我的錶很名貴，所以我乾媽急了點兒，實在不好意思。”

“錶……名貴？”經理一聽大驚失色，轉而喝斥員工，“看妳幹的好事，還不快賠禮道歉？”

那個被挨耳光的人反倒像個孫子，只差沒跪了下來。

我立馬當和事佬，說：“沒事，你們趕緊走吧！”

經理領著“肇事者”再三道歉後才離開。

人一走，小月姨問錶多少錢？

“多少錢不重要，重要的是請別再替我出頭，我不喜歡，非常非常的不喜歡，妳讓我……讓我丟臉了。”我答。

氣氛一下子凍住了。

沈默一會兒後，小月姨選擇低頭。

"對不起，我以爲……算了，我不會再讓妳丟臉。"她說。

我不是愛記恨的人，既然她服軟，我表示這件事到此爲止，以後別再提了。

"好，不提就不提。"她笑嘻嘻地，彷彿撿回了丟失的寶貝。

巴掌事件後，小月姨對我越加遷就，我說東，她不敢說西；我想打狗，她不敢攆雞，唯獨一件事沒得商量，那就是女人的嫉妒心。

"剛剛妳爲什麼看了那個女的一眼？"她問。

"哪個女的？"

"撐洋傘的那個女的。"

與其說我對那個女的感興趣，倒不如說我對她的傘感興趣。那把傘的傘面上是梵高的自畫像，我猜想她應該是從梵高美術館附設的紀念品店買來的。

"因爲……因爲那個女的有亞麻色的長髮，看起來很洋氣。"我答。

沒想到我的隨意一說，小月姨竟然把一頭烏絲染成亞麻色，同時接了髮，看起來很怪，像頂著假髮。

"好看嗎？"她問，然後原地打個轉，讓長髮飛揚。

"還行。"

這個更年期女人對外人尚且嫉妒心爆棚，對自己人就更別提了。拿家裏的傭人阿水來說，她雖然肥胖，但勝在年輕，小月姨已經爲此吃醋好幾回。

"妳再這樣，我走了。"我起身。

"別走，"她抱住我，"妳走了我怎麼辦？我擁有的也只有妳了。"

我的餘光看見阿水跨進客廳。

"別拉拉扯扯的，"我推開小月姨，"讓人看了笑話。"

"誰敢笑話？這是我家，我想幹嘛就幹嘛。"

其實小月姨的擔憂不是空穴來風，阿水的確對我過份熱情，她甚至邀我到她家看曇花。沒錯，就是"曇花一現"的曇花。

"哪裏來的曇花？"我問。

"花鳥市場買來的，怎麼樣，今晚到我家看曇花開花吧！"

"妳怎麼知道今晚開？"

"肯定開，花苞雖然小但圓鼓鼓的，像少女的乳房。"

我沒有去看曇花。

幾天後阿水不見了，新來的女傭比小月姨的歲數大，還是個大齙牙。

"阿水去哪裏了？"我問。

"她找到更好的人家，跳槽去了。"

我不知道她是不是找到更好的人家，但此後不到一個月的時間裏，謠言傳得沸沸揚揚，甚至有中學同學私信我是不是被一個老女人給包養了？

這樣的無的放矢，我一概不予理會（不過這倒提醒我炒人也會有後遺症）。

我以為只要自己夠從容淡定，很快便能風平浪靜，沒料到壞事傳千里，而且越傳越離譜，那些加了料的香艷畫面彷彿自動播放的色情片，讓人聽了面紅耳赤。

當謠言傳到我父母耳中時，我已然成為技藝高超的性工作者。

“青青，這是怎麼回事？”我媽問，面色鐵青。

“我不知道，我無法控制別人的嘴。”

我爸接著把原因歸到我沒男友這件事上，没關係，改天他給我介紹幾個優質男，謠言馬上不攻自破。

“你別給我添亂了，我對男人不感興趣。”

“這麼說是真的？”我媽揚起聲，“不行，不能便宜了那個老女人，她起碼得做出賠償。”

我問賠償什麼？母親支支吾吾地答她的女兒總不能被白嫖吧？！

聽完，我氣炸了，甩門就走。

也難怪我生氣，雖然我和小月姨曾有過肌膚之親，但自從那次之後，我們沒再越雷池一步，如今無端被安上罪名，對我、對小月姨而言，都是極其不公的事。

夜深了，我在寂靜的小路上走著，除了蟲鳴，就只有一輪明月相伴，不知不覺我竟來到小月姨的別墅外。

躊躇一會兒後，我舉手按下門鈴。

第二十一章/離家出走

是大齙牙開的門。

小月姨一聽到我的聲音，從房間裏跑出來，身上的桃紅色睡衣很撩人，忽隱忽現。

"怎麼了？青青。"她問。

"我……我……"礙於第三者在場，我開不了口。

於是小月姨把大齙牙轟走，拉我進她的房間。

"怎麼回事？妳說。"

"我……我……"

沒有了第三者在場，但我依舊吞吞吐吐，因為小月姨的胸口敞開著，兩個半月球像剛出爐的大肉包。

"怎麼了？"她輕聲細語的，同時拉我坐在床上。

我聞到她身上散發的香水味，像魔鬼在向我招手。

"我……"

"到底怎麼了？"

也許魔鬼上了身，我把手放在她的大腿上做試探，她沒拒絕，於是我惡向膽邊生……

"住手！"她喝斥。

我趕緊收手，感覺羞愧死了。

"讓我來！"她將我撲倒，接著啃食，像一匹飢餓已久的狼。

我又何嘗不是？野馬一旦衝了閘，必是一奔萬里。我無法也不想拉回，反正破碗破摔，又何必在乎這麼多？

當小月姨把乳頭塞進我嘴裏時，我的口慾立即得到充份的滿足。啊！那是母奶的味道，香醇可口，我已經忘記它的滋味曾有多麼美妙。

～

一連數日我放縱自己，每天除了吃飯、睡覺、打遊戲外，就是瘋狂干那事。壞處當然也會有，那就是屋子亂七八糟，杯沒洗、髒衣服成堆、外賣塑料盒還扔得到處都是，因為大齙牙已被遣送回家，以防隔牆有耳。

"我回去了。"我從床上坐起。

"別回，"她從後抱住我，"我現在離不開妳，妳一走等於殺了我，這是犯了謀殺罪，會坐牢的。"

"妳想多了，我回去拿衣服，妳郵購的新衣硬梆梆的，我穿著不舒服。"

"那……好吧！快去快回，等妳呦！"說完，她對我一陣猛親。

～

我假裝什麼事都沒發生地走進家門，長耳朵柯基依舊對我熱情如火，其他人就不一樣了，一臉寒霜。

“這幾天妳死哪裏去了？打手機不回，我差點兒報警。”我媽說。

父親接著落井下石，指責我不學好，這傳出去有多難聽？

我也來氣，問出去散個心怎麼了？這個家若有溫暖，我也不會往外跑，切！

因為那個“切”字，我爸衝過來打人，還是暖暖動作快，迅速擋在我前面。

“姐，快進房間。”我妹喊。

我二話不說地躲進房間裏，任憑長耳朵柯基在房外拼命撓門，我死活不開。

我把換洗衣服全塞進行李箱內，包括那個宛如凝脂的玉勒子，它被放在原先的小布袋內。

一直等到房外無聲無息，我才拉著行李箱走出來。

“姐，妳上哪兒去？”暖暖問。

“我回公司。”

“謠言是真的嗎？”

哎！這叫我如何回答是好？一開始是假的，現在卻成真了。

見我沈默，暖暖問我難道不好奇為什麼這時候她會在家？

“妳怎麼在家？大學不是已經開課了嗎？”我問。

“我是避難來的，流言蜚語已經傳到學校，叫我怎麼做人？早知道我的學費來得不乾不淨，我寧願退學！”

一路走來，我吃過不少苦也受盡不少委屈，但都沒有這番話來得殺傷力十足。我以為我從小呵護的妹妹是唯一的依靠，別人可以誤解我，但暖暖不會，她可是我一手細心照料的玫瑰呀！怎麼可能刺痛我？

然而事實就是這麼殘酷，她不僅弄傷我，還把我的後路給燒了。

"没錯，我的錢來得不名譽，妳倒是吐出來呀！"我說。

"我⋯⋯我⋯⋯我反正會還妳。"她面紅耳赤的，"等我畢業賺到錢，連同利息通通還給妳。還有，爸媽我也會照顧好，妳不用再出賣色相做賤自己⋯⋯"

呵呵！好個出賣色相做賤自己，我這是豬八戒照鏡子，裏外不是人呀！

"行！我把爸媽留給妳照顧，你們都自求多福！"

我拉起行李，暖暖喊住我。

"這狗怎麼辦？"她指著狗問。

長耳朵柯基好像感受到什麼，拼命搖尾巴，就怕我不要它。

回顧我的前半生，表面上看有個家，但內心彷彿無根的浮萍，我怎麼捨得我的狗也有同樣的命運？

"當然由我照顧。"我答。

就這麼著，我和長耳朵柯基穿梭在熙熙攘攘的人群裏，一起走向未知的未來。

第二十二章/粘上橡皮糖

我挺不明白我妹為什麼會突然"翻臉不認人"，過去我們的關係一向良好，真正應驗了那句話"情同姐妹"，這多少彌補我和父母之間的疏離，可是現在……

直到幾天後在網上讀到黛薇夫人的故事，我才多少理解暖暖的心情。

黛薇夫人本名叫根本七保子，1940年出生於日本一個貧窮的木匠家庭，由於從小家貧受到種種歧視，她對金錢無比渴望，後來成為一名藝伎，並得以供養自己的弟弟上大學。然而她最愛的弟弟在得知實情後卻引以為恥，乃至自殺身亡，這件事成了黛薇夫人一生磨滅不去的傷痛和遺憾。

"暖暖大概也覺得我的錢來得骯髒而感到恥辱吧！但事情的發展並不是我主觀刻意造成的，如果這個世界能對同性戀者更寬容些，我也不致於劍走偏鋒。"我心想。

由於害怕流言進一步惡化，辭退大齙牙後，小月姨改僱小時工，每當這時候，我便出外溜狗，省得和陌生人打招呼。

"這不是青青嗎？"我的前老闆娘喊住我，"小月近來可好？"

"誰是小月？不認識。"我冷漠地答。

"別裝了，妳父母已經登報和妳脫離關係，妳大概還沒看今天的報紙吧？"

我一聽，滋事體大，但仍假裝鎮定。

"那是什麼？"我指向遠方。

趁討厭的人轉頭，我拉著狗往相反的方向走去。

我把報刊亭裏的每一家報紙都拿走一份，這才在一份小報的一個小角落裏找到那則啟事。我父母真夠狠的，把我的證件照、身份證號碼及窩藏地點全都給披露了。

"哪有這種父母？"小月姨義憤填膺，"簡直不給妳留活路。"

我心灰意冷，恨不得一死百了。

小月姨急了，要我千萬別衝動，衝動是魔鬼，讓她想想辦法，肯定能解決。

"還有什麼辦法可想？我的照片已經貼在報紙上了，本來名聲就不好，再經我的家人一認證，坐實我就是個私生活糜爛的人，一傳十，十傳百，馬上就全國皆知了。"

"妳別盡往壞裏想，我來解決，別著急哈！"

小月姨首先打給報社，發現這則廣告只刊登一天，而且只出現在當地報紙上，沒有普及全國（真是謝天謝地）。接著她打電話給認識的外賣員，讓他以飛快的速度把所有報刊亭內的某報買下，代價是不菲的跑腿費。

我不得不佩服小月姨的心思縝密且動作及時。

"妳去哪裏？"看她拿上車鑰匙，我問。

"我得斷了源頭，妳在家等我，餓了先吃。"

我不知道她去了哪裏，但我真餓了，於是烤了個大披薩，和長耳朵柯基分著吃。當小月姨回來時，我和狗已把披薩消滅完畢。

"青青，事情解決了，妳父母不會再做妖了。"她說。

我問她做了什麼？她答拿錢封口。

果然是我父母的行事風格，說得好聽是補償，說得難听就是討要嫖資，我不禁嘆聲連連。

"怎麼還是不開心？事情不是解決了嗎？"小月姨問。

我答源頭是斷了，但已經看到啟事的怎麼辦？總不能一一去封口吧？！就算財力夠，撒錢的速度也比不上傳播的速度。

"妳說的有道理，看來我們真的得到國外避避風頭，"她停頓了一下，"妳想到哪裏？我聽妳的！"

我想了想，回答："迪拜。"

沒錯，我還是想會一會我的小河公主。

錢真是個好東西，一個禮拜後兩大一狗便上了飛機，坐的還是阿聯酋航空的頭等艙。

"媽的呀！這些東西要怎麼操作？"小月姨說。

由於頭等艙設計成一個個獨立的空間，我的座位和小月姨的隔開一米遠，但她的抱怨我還是聽到了。

"我也不懂，妳好歹還坐過飛機，我可是大姑娘上花轎，頭一回呀！"我回覆。

小月姨沒責怪我，她用土豪方式解決問題。

"拿著，"她把十幾張百元大鈔塞給洋空姐，"給我們找個會說普通話的空姐來。"

那名金髮碧眼的空服員望向我，一臉迷糊。

"Please give us an air hostess, Chinese one." 說完，我直冒冷汗，這是說對了沒？

顯然洋空姐聽懂一些，她把錢還給小月姨，然後往機尾方向走去。沒多久，一個會說港式普通話的空姐便前來幫忙，我們因此知道那個長得像iPad的東西其實是個遙控器（可以控制遮光板、靠椅位置、電視及觸碰門），還有，迷你吧的飲料隨便喝，籃子裏的零食隨便吃，電視屏幕前的小暗格裏有護膚品小樣，禮袋內則有……

"什麼時候吃飯？"小月姨問。

"一個小時後開始供應餐點，有菜單，可以點餐。"她微笑，"不用擔心，我就在附近，隨時服務妳們。"

解決了語言問題，這趟旅程果然順利多了，不僅吃好睡好，下機前我還洗了個熱水澡，用的是寶格麗的洗漱用品和護膚品。

"小姑娘，"小月姨把一張有著大頭臉Logo的名片遞過去，"妳幫我看看這家酒店在迪拜是不是最好的？"

會講普通話的空姐答："這是范思哲酒店，很棒的，總統套房一晚要價九萬迪拉姆。"

迪拉姆是迪拜的貨幣單位，九萬迪拉姆大約折合人民幣18萬元。

空姐離開後，小月姨告訴我幫她訂房的"朋友"說這家酒店是當地最好的，總統套房一晚要價十萬迪拉姆。

"妳該不會真付了吧？"我問。

她答付了，因為這是我第一次出國，總不能住得太差，不過
她只訂了一個星期，因為酒店不允許寵物狗入住，奇怪，老
鷹可以跟著主人入住，狗卻不行。

這段話的信息量很大，首先，小月姨被"朋友"坑了；其次，
她花了140萬人民幣換來一個星期的住宿權；其三，狗與我
們坐同一班飛機抵達，但一個星期後才能見面；其四，老鷹
可以入住酒店，嗯……這個的確很土豪。

"妳這麼花錢，不怕有一天坐吃山空？"我又問。

與小月姨同居後，我從來不關心她的經濟狀況，因爲從頭徹
尾沒有與她天長地久的打算，既然不會白頭偕老，又何必過
問太多？但這次我真沒忍住，在我的家鄉，140萬可以買個
兩居公寓。

"坐吃山空？"她笑得花枝亂顫，"我等不到那一天囉！"

"什麼意思？"

"意思是我再怎麼花，死前還是會留下很多，只要妳一心一
意對我，將來財產全部都是妳的。"

神經病！我和她不過是露水姻緣，是過渡時期的依賴，我終
究要離開，不過是時間早晚的問題。

"妳的計劃裏千萬別把我安排進去，我……不一定的。"

"什麼事不一定？"她如臨大敵。

"我……也許到美國進修。"

"我當是什麼，"她又笑顏逐開，"放心，妳到哪裏，我跟到
哪裏，我們永遠也不分開。"

第二十三章/她愛我

在發現石油（西元1960年）以前，迪拜靠珍珠及水上貿易為生，那時候的迪拜望眼看去不是黃沙地，就是簡陋的海灣和一大片低矮的土房，連供水也要靠驢子拉來大水桶，没成想幾十年過去後會是這般紙醉金迷、窮奢極侈的景象。

"一切皆有可能"是迪拜酋長的名言，想來是有歷史原因，看看填海造成的人工島、七星級酒店、人工滑雪場、來自世界各地的美食及奢侈品牌……無怪乎迪拜人會認為石油是真主賜予的禮物，因為它徹底改變了這個落後漁村。

出關後，來接機的是個穿白袍的大叔，一句中國話也不會說，還好進酒店後有個很漂亮的華人小姐做接待，她親自帶我們上樓。

經她介紹，我們才知道這個總統套房有1800平米大，是全阿聯酋唯一擁有私人泳池的複式套房，屋內的每一件傢俱都是孤品（專為這間套房所設計），牆上還掛著設計師Donatella當年的設計手稿。房間有兩個，空間都很巨大，衣帽間有雙排，化妝台一長溜，鏡子兩旁還有連環燈泡（據說是模仿好萊塢巨星的專用化妝台）。浴室裏有圓形按摩浴缸，牆上的瓷磚是意大利工匠手工貼的，還有還有，看得見的杯盤、洗簌用品、床品等，全是范思哲的產品……

"可以了，"小月姨阻止她繼續說下去，"這個房間我們預定了七晚，能不能給我們派個會說普通話的導遊及司機？還有，我們會待在迪拜一陣子，需要一名短租房仲介。"

"没問題，我這就去安排。對了，我是妳們的管家，有什麼需要拿起座機通知我即可，24小時在線。"

我忍不住問："妳不睡覺？"

"放心，即使下班也會有其他同事代勞。"

小月姨給了她不菲的小費後，管家稱謝走人。

我們在酒店附設的Vandias意大利餐廳吃晚餐，南瓜燴飯、清蒸鱸魚及三文魚塔無一敗筆，叫的兩種酒也很好喝，清淡的佐餐用，濃烈的適合飯後品飲。

"來，青青，"小月姨舉起酒杯，"祝我們的迪拜之旅天天開心。"

我碰杯，但没喝，因為我看見小月姨的手在微微顫抖。

"妳怎麼了？"我問。

"没事。"她答。

一開始與小月姨接觸時，她就偶有肌肉不自主顫抖的現象，如今越加頻繁，大概一天會有個一、兩次，人也比較容易疲倦。我若問起，她便以"歲數大了"來搪塞，殊不知我媽與她同齡，卻從來没有這種"老態"。

合該有事，吃甜點時，小月姨不慎讓咖啡杯掉地上，發出"哐啷"一聲。

服務員馬上過來搶救，因為地上舖的是昂貴的地毯。

"對……對不起。"小月姨對我說，大概害怕我覺得丟臉。

"没事，坐了十幾個小時的飛機，妳也累了，我們回房休息吧！"

總統套房有兩間臥室，但我主動和小月姨擠一間。她很高興，話也多了，東扯西聊後談起她的童年往事。

"如果那時妳真的過繼給叔叔，也許命運就大不相同了。"我感慨地說。

"或許吧！可是有些東西是擺脫不了的，好比基因。"

"基因？"

"是的，我的媽媽和舅舅都得了漸凍症。"

漸凍症醫學上叫做運動神經元病，比如剛剛去世的霍金就是典型的症狀。

"這麼說，妳……"

"我希望不是，因為我母親及舅舅都是三十歲之前發病，我已經五十多了，應該不會，對吧？"她問。

我對漸凍症所知不多，但仍安慰她不會這麼湊巧，光看她做極限運動的樣子就知道這個病離她很遠……

"其實我做極限運動是為了體驗死亡感覺，老實說我不想死，好日子才剛開始，如果這麼快就結束，對我而言很不公平。"

"別想太多，"我擁抱她，"明天我們出去玩，去逛朱美拉古城及騎駱駝，我還會幫妳拍照。"

"妳一定要把我拍得美美的。"

"肯定的。"

那一晚我們沒有行周公之禮，只是相擁而眠，但我們的心靠得很近，很近……

在范思哲酒店住了七晚後，我們搬到美丹區，租的別墅有四間房，所以連長耳朵柯基和印尼女傭都有獨立的房間。

由於樂不思蜀，在三十天簽證到期前，小月姨索性把我們目前租住的別墅買下，因為根據迪拜土地局的政策，只要購買100萬迪拉姆的房產便可獲得兩年的居留簽證，到期再續，直到不再擁有該房產為止。

事實上這個投資很正確，因為我們一住便住了大半年。

一個陽光明媚的下午，當我們坐在泳池旁的躺椅上時，印尼女傭為我們呈上熱紅茶及幾樣小點心，連腳旁的長耳朵柯基也有一根大雞腿啃。

"妳為什麼不問我留在迪拜的理由？"我問。

"這個重要嗎？只要妳開心，就算住到月球上，我也甘之如飴。"她答。

如果你以為這番情話所營造的氛圍很浪漫，那就大錯特錯了，事實上小月姨為了說完上述那段話，費了一分多鐘的時間，還流了一下巴的口水。

"我不住月球，"我拿起餐巾紙為她擦拭口水，"空氣稀薄，人還得飄浮在半空中，吃飯上廁所多不方便，還是地球好。"

"好—好—好—"她點頭，像個機械娃娃。

說起小月姨的病症，那是漸進式的，剛開始手沒力氣，擰不開罐子，後來行動緩慢，接著走路需要攙扶，再後來連吞嚥都困難，口水直流……

我曾遊說她看醫生，她答看醫生也沒用，活受罪而已，她寧願把時間留給我，我是她唯一的解藥。

如果一開始的相守還有性的成份在，現在則全然只是相伴而已，所以我滿確定她是真心愛我，以致連身後事也安排好了。

" 青青，哪天我走了，什麼都歸妳，怕那幫親戚跟妳搶遺產，我已經找律師立好遺囑。"

" 別說了，妳會好起來，我們還要到南極看企鵝呢！" 我說。

我們沒去看企鵝。

兩個月後的某個清晨，我被長耳朵柯基的一陣狂吠聲給喚醒。當我揉揉惺忪的睡眼來到樓下時，發現通往泳池的落地窗開著，我走了過去，小月姨的軀體正在水面上浮著，臉朝下。

沒有人知道她是如何從房間爬向十幾米遠外的泳池，但我瞬間明白為什麼幾天前她藉口睡不好覺，把我趕到樓上房間。

警察後來在小月姨的枕頭下發現一張紙條，上面寫著幾個歪歪扭扭的漢字。

" What does it mean?" 警察問。

我如何告訴他，小月姨臨死前還跟我道歉，害怕她的行為讓我丟臉。

" She said she loves me." 我很傷心地答。

第二十四章/飛蛾撲火

小月姨的親戚果然跟我搶遺產，還好她有遠見，死前脫手了一套房產，將錢打入我的銀行賬號內，否則當遺產凍結時，我只能喝西北風了。

"告訴妳一個好消息，遺產官司勝訴了，接下來是辦理更名。"律師對我說。

誰也沒料到這場官司會打了一年多，我也深居簡出並且節約了十幾個月（迪拜的消費高，我又不知何時能勝訴，只能省著點花）。不過在這段等待的時間裏，我可沒有虛度光陰，事實上我過得很充實，不僅把英語口語能力給提升上去，阿拉伯語也學了一些，而最最重要的是我拿到駕照了，只是還買不起車。

"好的，麻煩你了。"我答。

"對了，過去兩年的房租收入已被解凍，扣除相關費用及律師費後，還有五千多萬人民幣，您看是一次性匯過來嗎？"他問。

"是的，多久到賬？"

"最快一個星期。"

"好，我等。"

實際上我等不及了，當天我就去看車，相中了一輛血紅色的蘭博基尼跑車。銷售說我可以使用信用卡分期付款，我回答自己沒有信用卡，一個星期後再來提車吧！

"Where do you live?" 他問。

我回答自己住在水晶湖社區（這是以迪拜酋長名來命名的一個高綠化奢華生活社區，坐落於繁華的市中心）。

銷售思考了一下，告訴我只要留下護照複印件及銀行卡信息，我就可以把車開走。

我問他難道不害怕我是個騙子？他答最近有銷售壓力，不得不冒險一下，希望到時我不會讓他失望。

"Don't worry," 我拍拍他的肩膀，"I won't cheat you. I promise."

我也真的說話算話，等錢一入賬，我便付了車款，還開著買來的豪車帶他去頗負盛名的Texas Roadhouse吃牛排。席間他告訴我不久前"隐形"的迪拜公主也找他買車，買的還與我的同款，連顏色也是血紅色的。

迪拜王室最被人熟知的便是豪，公主買得起150萬迪拉姆的車子，我一點兒也不奇怪，奇怪的是這位公主竟然是名私生女，這勾起了我的好奇心。

"Could you tell me more about this princess?" 我問。

於是銷售告訴我迪拜酋長公開的妻子有6位，但情人無數，誕下的子嗣也多。在眾多子女中，唯獨這名"公主"的長相不一般，她有漂亮的藍眼珠，與其他"兄弟姐妹們"的褐眼大不相同，大概因為母親是芬蘭人的緣故。眾所周知，芬蘭人大多有漂亮的藍眼珠，像布偶貓一樣。

藍眼珠……布偶貓……這讓我想起兩年前巴士上的小女孩。

我問這位公主芳齡多大？他答二十好幾了，有個女兒七、八歲，也是藍眼珠。

女兒？公主……結婚了？

銷售回答不僅結婚了，嫁的還是王族，否則没名没份的，即使是"公主"也過不上富裕生活。還有，迪拜女人普遍早婚，近親結婚放在王室家族也正常，希望他的回答能解開我的疑惑 。

我不禁失笑，怎麼突然對一個八竿子打不著的已婚婦女感到興趣？我這個大傻瓜！

所以當銷售告訴我"公主"約了明天下午五點提車，我可以遠遠的瞻仰芳容時，被我給謝絕了，因為明天我打算出海一趟 。

我有一艘法國製造的風帆遊艇，被我命名"月亮號"（藉以紀念小月姨），船體身長13.5米，裏面應有盡有。

剛開始的海上行只有我一人，愜意是愜意，但危險係數也高，因為海上不確定的因素很多，來一條鯨魚就足夠將船"一拍兩散"。基於我無法時時刻刻觀察海面狀況，我不得不僱用一名水手Sexta，他是希臘裔，航海經驗非常豐富，還能用英語溝通（這點很重要）。

今天的計劃是沿著波斯灣航向西北的卡塔爾，我的中國護照在卡塔爾能免簽，正好藉此機會逛逛這個國家。

然而人算不如天算，船開出去不到三個小時便狂風大作兼暴雨如注，Sexta問我還繼續嗎？

雖然很想參觀卡塔爾的伊斯蘭藝術博物館，但在可貴的生命面前，也只能放棄。

没想到往回開不到半小時又雨過天晴，彷彿不久前的惡天氣不過只是開個玩笑而已。

Sexta問我要不要轉向阿巴斯港？

雖然伊朗也能免簽，但我對這個國家興趣缺缺，所以決定打道回府。

Sexta聽完很開心，因為我付了他兩天的費用卻航行不到半天，等於小賺一筆。

我向來不把"小錢"看在眼裏，只要雙方合作愉快即可。

上岸後，我用希臘語"Αντίο"向他告別，他卻回覆我普通話"再見"，這種默契真是配合得天衣無縫啊！

我開著血紅色跑車在哈利法塔附近繞圈子，不是我迷路了，而是心中彷彿有一根線牽引著，我既想追隨又告訴自己別去，那是一名已婚婦女，在視女人為財產的國度裏等同一條毒蛇，千萬別碰！

然而越叫自己別引火上身，我就越蠢蠢欲動。不諱言地說，當車子駛向蘭博基尼4S店時，我竟然有種"鳳凰涅槃、浴火重生"的快感，這是"自作孽不可活"的前兆啊！

哎~

第二十五章/欲哭無淚

下午五點，雖然天還亮晃晃的，但蘭博基尼的汽車展售廳卻已燈火通明。

我看到一位身著改良式黑長袍的女人在和銷售講話，她的腳上踩著時尚的細根高跟鞋，手裏提著愛馬仕鉑金包，手腕上有閃閃發光的錶及金手鍊，手指上套著鴿子蛋……

顯然這是一位貴婦，但是不是銷售口中的"公主"呢？

我等待她轉過頭來，只要看到那對像布偶貓的藍眼珠，應該八九不離十。可惜她不僅沒轉身，還跟隨銷售而去，再出現時我只看到血紅色跑車的車屁股。

"媽的，追！"我心想，隨即跳上自己的跑車。

適逢交通高峰時段，我很快便深陷其中。每當這時候我總想踩著滑板穿梭其間，今日更甚，因為那輛血紅色跑車就近在咫尺，我卻夠不著。

果然沒兩分鐘後我便失去它的踪影，氣得我捶胸頓足、哀嘆聲連連。

夜深了，我下床走向保險箱，左三圈、右五圈再左四圈後，門開了，我取走裏面的小布袋，對厚厚一沓的房產證明文件視若無睹。

月光下，那個橄欖大小的玉勒子顯得益加通透，如果不是槳形及卵圓形的細長線條破壞了美感，它簡直是稀世珍寶……

我的思緒不禁回到過去，當年老教授把玉勒子交給我，同時耳提面命："記住了，真正的小河公主看到這個東西會有暈眩感。"

"然後呢？"

"然後妳把玉勒子放進她的嘴裏，她便永遠待在極樂世界，不再輪迴。"

我細思恐極，這豈不是殺人？

他回答不是殺人，而是助人。

當時直覺老頭子瘋了，瘋了的人哪有什麼邏輯可言？只是不知為什麼，兜兜轉轉後我真的來到迪拜，既然來了，我又無事可做，何不完成老教授的囑託？可是人海茫茫，叫我從何找起？我擁有的信息也不過兩條：

1、她已二十八歲。

2、看到玉勒子會暈眩。

還真別說，有一陣子我真幹過蠢事，拿著玉勒子上街，看到"嫌疑人"便亮出寶貝，不僅對方感到莫名其妙，我也覺得自己離瘋人院不遠。

如今聽銷售提起藍眼珠"公主"，我那宛如死水的生活開始變得不平靜，這位公主會不會是我心心念念的小河公主？

隔天我打電話給銷售，問他公主提車了沒？他答提了，還問我難道沒有在小區內碰到她？

後來我才知道迪拜公主也住在水晶湖社區，世界上竟然有這麼湊巧的事？我感到很不可思議。

~

我住的水晶湖社區又叫迪拜酋長城，所有的項目沿湖建造，環湖一周約14公里，由此可知這個社區有多大。

爲了找到藍眼珠公主，我把尋人計劃定在清晨及落日後，因爲迪拜白天的氣溫最高可達40多度，打個蛋在地上都能煎熟，就別提徒步了，簡直是酷刑！

計劃定好後，接下來便是執行。執行計劃者除了我之外，還有長耳朵柯基（畢竟它也需要運動及拉粑粑）。

剛開始我將目光鎖定在"特豪"豪宅，結果逛了一圈下來自己也迷糊了，因為我分辨不出豪的等級（到底是以佔地大小還是建材優劣來區分？我反正分辨不了）。

後來我學精了，那就是以車識人。聽說兩位數和一位數的車牌號是迪拜皇室用車，三位數則大多屬於政府機關，至於四位數及五位數……那是提供給平民百姓的。換言之，甭管開的車有多豪，在數字面前立馬見光死，因為在迪拜，位數少的車牌號往往比車子本身還要尊貴。

有了這方面的認識，我以為尋人計劃很快能完成，結果一個禮拜下來還是沒找著，原因在於烈日炎炎，業主多把車子停進車庫內，我沒有千里眼，看不見車庫內的車牌號是幾位數。

"看來今天又找不到公主了。"我心灰意冷地對長耳朵柯基說。

"汪汪！"

說時遲那時快，一輛血紅色蘭博基尼呼嘯而過，與我的跑車同款，車牌號是兩位數。

這該不會是公主的座駕吧？

我解開狗繩，同時命令長耳朵柯基追車去。它倒機靈，立馬飛奔而去，只是我太高估自己的"耐熱力"和體力，沒跑多久便氣喘如牛、大汗淋漓，更慘的是……狗不見了，連同血紅色跑車一起消失得無影無踪。

這下子該怎麼辦？我真是欲哭無淚呀！

第二十六章/初次見面？

我首先想到的是監控錄像，立馬跑到物業管理處調取，可恨的是除了小區出入口及象徵性的幾個定點有安裝攝像頭外，其餘都是盲區。

物業管理人員問我狗的樣貌，我隨手塗鴉在一張A4紙上。這是一件傷心事，沒想到看到塗鴉的人卻很歡快，大概他們以為我手拙，把狗畫成了兔子。天知道我家的狗就長這個樣子，它是一隻串串，母親是吉娃娃，所以擁有的耳朵比純種柯基的還要長上許多，幾乎等同臉長。

我很悲傷地回到家裏，如喪考妣。印尼女傭問我狗哪裏去了？我回答走丟了。

她說她去找，我大手一揮，放她出去，結果夜裏快十點她才進屋，害我餓了兩餐。

"I didn't find the dog." 她說，一臉的春情蕩漾。

本來也沒抱多大希望，但是被欺騙的感覺很不好受，尤其看到她的脖子上有個很明顯的吻痕。

我揮揮手讓她離開，話懶得說一句。

隔天天一亮，我便開著跑車在小區內尋找，車速開得很慢，被正常行駛的車輛按了好幾次喇叭，但我不在乎。長耳朵柯基宛如我的親人，想到它孤零零地待在世界上的某個角落，我心痛如絞。

繞了一圈沒找到，我又來到物業管理處，發現自己的畫作被貼在牆上，這就是他們所謂的"幫忙"？

我問了一下尋狗進展，他們答目前沒有任何消息，也許狗已經不在社區內。

這也是我擔心之處，社區外車水馬龍，我的長耳朵柯基不害怕死了？它連過馬路都緊跟著我。

我整天渾渾噩噩，像個遊魂似的，粒米未進，連水都少喝，直到傍晚有人按門鈴……

一聽印尼女傭說狗回來了，我立馬衝了出去。

長耳朵柯基看見我，又是跳又是叫的，好不熱情。

安撫好狗後，我將頭探出去尋找恩人，可惜只看到一個血紅色的車屁股。

～

如果不是遺產官司勝訴上了報，我父母大概不會知道我成了有钱人，也不會差暖暖與我聯繫。

"不是已經登報解除親子關係了嗎？"我問。

"他們迷糊，難道妳也迷糊？父母和子女的關係豈是一紙聲明能解除得了？"

"OK.蘇大媽、蘇大爺迷糊，妳不迷糊吧？！當年哪裏去了？"

我妹答若不是家裏困難，她也不會厚著臉皮找我，算了，拜～

“等等，有什麼事快說。”

於是我知道我媽又欠下賭債，我爸又和女人扯不清（只是這次遇上仙人跳，對方獅子大開口），而她……雅思拿到6.5分，學校也給了offer，可是連機票都買不起，遑論每年高達三十萬元人民幣的學費加住宿費……

我問如果我現在是個窮鬼，他們還會回頭找我嗎？

“我回答不了假設性問題，但血濃於水，到哪裏我們都有相同的基因，這個改變不了。”

基因？說得好！如果不是基因問題，小月姨也不會像她的母親和舅舅那樣得到漸凍症；如果沒這個可怕的病症，她大概還活著，不致尋短。

“說吧！需要多少？”

“近期需要五十萬，以後的……以後再說。”

我記得吵架時暖暖曾說過父母由她照顧，這會兒又忘得一乾二淨。

“這個五十萬我可以給，以後的……以後再說。”

我妹問這是什麼意思？我回答正常花銷我付，但不包括賭資和嫖費。

她停頓了一會兒後，問我是不是現在把銀行卡信息發過來？我答隨便。

“姐，謝謝妳！”

這是打從有嫌隙以來，我妹第一次表達善意。我沒有禮尚往來，因為不確定她的改變是不是錢起到的作用。

不諱言地說，以前苦哈哈的時候，我還分辨得出真情實意還是虛情假意，現在錢多了，我反倒分辨不出。

掛上手機，我溜狗去。

一天的時間裏，我最喜歡黃昏時分，每當這時候，晚風習習吹來，把白天的悶熱都帶走。逢運氣好，我還能看到紫紅色的霞光，好比現在，像身處紫水晶的世界裏……

"汪汪！"長耳朵柯基突然吠了兩聲，然後撲向一名身穿黑袍，同時蒙上面紗的女人。

我趕緊上前阻止，並且以阿拉伯語道歉。道完歉，我的心裏小鹿亂撞，因為她有一雙攝人心魄的藍眼珠。

"是妳嗎?"她喃喃道。

我太吃驚了，她說的可是普通話？還有，她怎麼會認識我？

" What?……什麼 ？" 怕自己聽錯，我分別用英語及普通話問（没辦法，自己的阿拉伯語不行）。

" Never mind." 她撫摸長耳朵柯基，" 這隻狗認識我，我曾餵它吃Falafel。"

Falafel是一道非常可口的阿拉伯小吃，用麵粉包裹蔬菜油炸而成，再蘸上奶油芝麻醬食用……但這不是我關心的。

"妳認識我 ？"我問。

"我以前好像見過妳。"

我非常確定現實生活中没有與她面對面接觸過，除非她指的是夢裏。在夢裏，我見過那雙漂亮的眼睛。

"那狗……"我指著長耳朵柯基。

"狗是最近看到的，它突然出現在我家車庫，我照顧了它幾天，後來聽說小區內有人丟了狗，我把它送回去，没想到是妳的狗。"

原來眼前這位就是把狗送回來的恩人。

"妳的中國話說得好極了，在哪裏學的 ？"我接著問。

"我請了中文家教。"

“學了多久？”

“十年了。”

十年？我將時間往前推去，那會兒我剛上大學。

“學了十年漢語的人算很有毅力。”我說。

她答她是為了一個很特別的人學的。

“那個特別的人也是中國人？”

“應該是。”

什麼叫“應該是”？為了一個人學習十年的外語，卻不確定對方是哪國人，這未免也太奇怪了！

“天黑了。”她仰望星空，突然蹦出一句。

天的確黑了，但我不希望這段奇遇就這麼結束，所以邀請她到我家坐坐。

她倒不扭捏，馬上接受我的邀約。

第二十七章/Smile

小河公主出土後，專家曾復原她的容貌，身高約一米五八，頭髮是棕褐色的，鼻子尖挺，膚色很白……對比我在新疆考古研究所見過的乾屍，出入不大，只是復原圖中的眼珠顏色是褐色的，這個有爭議，因為乾屍的雙眼緊閉，如何看出眼珠的顏色？

要我說，小河公主應該有藍眼睛，藍得像海、像琉璃苣、像布偶貓的眼珠子……

"妳怎麼了？我的臉上有東西嗎？"她摸摸自己的臉頰。

也難怪我失態，眼前的"公主"卸下頭巾和面紗後，除了眼珠是藍色（和專家的判斷不同）之外，和復原圖相差無幾。

"没什麼，請坐。"我把最好的位子留給她，"要茶還是咖啡？"

她坐了下來，開口要水。

我要印尼女傭拿來兩瓶依雲礦泉水，一瓶給客人，另一瓶給屋外的保鏢。

一開始我並不知道她有保鑣，然而再怎麼後知後覺，走了五百米之後，我還是發現身後那個長得像泰國人的女子帶著任務。等進了屋，我更加確定，因為那人就守在門外，是保鑣無疑。

"妳的狗叫什麼名字？" 她問。

"長耳朵柯基。"

"什麼雞？"

我只好告訴她有關這隻狗的身世。

"原來如此，難怪它的耳朵這麼長……可是我覺得Smile這個名字更適合它，因為那麼愛笑的狗，我還是第一次見到。"

我已經不止一次聽人說我給狗取了個不好唸的名字（主要是太冗長了），但我置之不理。今日聽"公主"再次提起，我開始很嚴肅地思考是否該改名。

後來我才知道"公主"給所有認識的人和動物都歸了類，不過你不用擔心她記不住，因為只有兩類，那就是Smile(微笑)和Serious（嚴肅）。舉個例子，她的母親、女兒、中文家教老師、瑜伽教練、烏龜、紅龍魚……歸為Smile，至於她的父親、丈夫、保鑣、老虎、禿鷹……則是Serious。（注：迪拜的豪還體現在寵物上，我已經不止一次在行駛的豪車內發現猛獸。）

她的這段回答解開我的部分疑惑，包括她真的嫁入豪門（否則家裏可養不起禿鷹和老虎，也僱不起保鑣），同時間接證實她結了婚，還有個女兒。

"那我呢？是Smile還是Serious?" 我問。

"是Serious，像我的保鑣一樣。"

她的保鑣的確不苟言笑，但我不一樣，自從見了面，我一直對她和顏悅色，不明白她為什麼認為我嚴肅。

喝完水，她表示得回家了。

“妳可以留下來吃飯，Rini的菜做得還可以。”我說。

Rini是印尼人，一開始只會煮印尼菜，像是巴東牛肉、黃薑飯、爪哇炒麵、沙嗲……等。 後來我送她去學做菜，現在她煎煮炒炸樣樣都會，連牛排也做得好。

“不了，明天我得飛去瑞士看女兒，她在精修學校學習，說好一個暑假，她卻鬧脾氣，我不得不前去陪讀。”

精修學校？這還是第一次聽說。

於是“公主”向我解釋這是一所針對名媛開辦的學校，主要培養女性的風度和氣質，課程包括甜點製作、插花、繪畫、服裝搭配、語言、社交禮儀、旅行常識……等。

“妳多久回來？”我問。

“下個月月底。”

想到有四十多天見不到她，我突然有些感傷。

“我們可以互換手機號嗎？也許哪天可以一起喝個茶。”我提議。

她沒回答，反而問我會不會中國功夫？我答自己學過詠春拳，平常也健身。

“會射擊嗎？”

“沒試過，應該不難學吧？！”

她思考了一下，與我互換手機號，並且告訴我她的名字叫Nahr，是“小河”的意思。

聽到這個，我瞬間心跳加速、血脈僨張。

“那麼妳女兒叫什麼名字？”

“她叫Kawthar，是‘天國之河’的意思。”

～

這一晚我又夢到小河公主，她微笑著向我走來，步伐緩慢，像一隻高貴的孔雀。

"Nahr～"我喊。

不知怎的，她突然停下腳步，臉色驚恐地向我伸手。我奔向她，她卻往後退去，像身後有一個巨大的黑洞將她吸了過去……

"不要！"我尖叫，同時驚醒過來。

不知過了多久，我才意識到長耳朵柯基正在舔我的手，我把它抱上床。

"我剛剛做了個奇怪的夢，"我撫摸它的毛，"你說Nahr是不是小河公主？"

"汪汪！"

我很惆悵，狗卻笑得很開心。

第二十八章/阿布扎比

迪拜有8o%的人口是外來的，所以當看到網上有不明真相的中國妹子問來到迪拜該不該買件黑袍穿時，我笑出聲來，因為當地穿黑袍的女人算少數，很多連面紗也卸了，所以當第一次見到Nahr時，我是有那麼點兒費解，感覺她戴面紗另有別的原因，也許等混熟了之後再問她。

國人對迪拜的誤解還不止在穿著方面，尚包括女人地位（男尊女卑）。我來這裏快兩年了，實話說，我也迷糊了，譬如在超市、商場、政府機關……我鮮少看到阿拉伯女性在工作，相反的，拿著鈔票買買買的多半是女人，而幫提購物袋的卻是男的。還有，女人乘坐公共交通工具被安排坐在前半截，哪怕邊上都是空位，哪怕後半截車箱裏的男人已經擠破頭，依舊不能越雷池半步。

你若說迪拜女人的地位高於男的，這也有爭議，好比女人一旦結了婚就得待在家裏相夫教子。當老公不在家時，如果有陌生人敲門，就算把門砸爛了，女人也不會去開，頂多對著門大喊一聲"家裏沒人"，意思是家裏沒男人。

在這裏插一句，雖然迪拜是個現代化城市，但不表示也有開放的思想，事實上這是一個相當保守的世界，一個男的多看已婚婦女幾眼，很可能吃拳頭，而男女授受不親的現象在此也完全體現出來，不但廁所分男女，連銀行交費也是男的一排，女的一排，學校甚至從小學開始便實施男女分班……

還好目前為止，沒人對我的"站隊"產生懷疑（雖然我做男人打扮），否則我那上不了檯面的阿拉伯語恐怕救不了自己。

阿聯酋由七個酋長國組成，分別為阿布扎比、迪拜、沙迦、富查伊拉、烏姆蓋萬、阿治曼、哈伊馬角等，迪拜只能算老二（不明白為什麼它特別出名），老大是阿布扎比。

這一天無事，我打算來一場說走就走的旅行，地點就選在阿布扎比。

我剛把行李扔進後車廂，我妹便來電話，她問我阿布扎比離迪拜遠嗎？在機場打車會不會被騙？有沒有靠譜點兒的打車軟件？

我答不遠，兩個小時的車程，自己沒打過車，因為我有車。

"有車最好，妳能開車去接嗎？飛機還有幾個小時抵達，時間上來得及。"

"妳什麼意思？接誰？"

"當然是蘇大爺和蘇大媽，他們……他們想妳啦！"

聽完，我一肚子火，這兩位"不速之客"也太自以為是了，我幹嘛千里迢迢去接？他們若想旅遊，何不加入旅遊團？

暖暖答如果有錢加入旅遊團也不致於飛阿布扎比，直飛迪拜豈不更省事？還有，老太太老先生的確想我了，別小心眼，一家人哪有什麼隔夜仇？

"等等……沒錢？上個月不是剛給過五十萬？"

"還完賭債、嫖資和我的學雜費，剩下的錢只夠買三張單程機票。如果不是走投無路，我們……噢不，他們……他們也不會投奔妳。"

然後我知道父母又欠下一筆隱形債，這次不是賭博，也不是跟某個小姑娘扯不清，而是兩人投資P2P，爆雷後被高利貸公司追殺。我妹動作快，買了三張機票，一張飛美國（好讓她提前向美國大學報到），兩張飛阿布扎比。

話甫歇，我恨得牙癢癢的，為什麼每次收拾善後的工作都由我來做？

"不去接，妳讓他們原機返回。"我喊。

"人已經在機上了，就算返回，也沒錢買機票。妳自己看著辦，要不就讓他倆在機場乾等，也許會有善心人士接濟他們，因為回國也是死路一條！"

我咒罵個不停，髒話滿天飛。

"手機沒電了，就這樣吧！"她冷酷地說。

"喂……喂喂……"

這下子我暴跳如雷，把想得到的狠話全說了個遍，依舊改變不了那兩老人正向我飛來的事實。

"Are you ok?" 印尼女傭問我，樣子像受到驚嚇。

"Not ok." 我抓一抓凌亂的髮，腦筋開始快速運轉，"Wait……I should be ok."

我在阿布扎比的海灘邊騎駱駝邊看夕陽，閒適得不得了。

兩個小時前，我的父母已經登上返回中國的航班，酒店管家說上機前他們一臉輕鬆。

當然輕鬆了，不是有句話"無債一身輕"嗎？

自從被家裏女傭詢問ok不ok後，我意識到自己正處在窮人思維裏，錢是幹嘛的？無非買ok，何況我是這麼這麼的有錢，天底下還有不ok的事嗎？

如此一想，我豁然開朗，花"小錢"把父母的債務一肩挑起，回報是"眼不見心不煩"，怎麼算都值，不是嗎？

回到我的假期，作為阿聯酋的首都，阿布扎比的風頭似乎被迪拜給蓋過，其實前者更土豪，只是人家低調，不像迪拜那麼懂得做營銷。不信？讓我告訴你，阿聯酋有95％的石油儲備，迪拜只佔5％，還有，這裏的綠化程度高過迪拜，而養一棵樹代表每年得支出約五千美元的養護費。望著綠油油一片的阿布扎比，此時你大概會承認自己對"富有"的定義有多麼狹隘了吧？！

在阿布扎比的每一天，我都睡到自然醒，養尊處優下好不容易胖了五斤，没想到被一碗羊雜豆子湯給扯後腿，拉了兩天肚子後，我不胖反瘦（估計要氣死在減肥路上嘔心瀝血的妹子們）。

除了這個"不美麗"的回憶外，其他都稱心如意，好比我住的酒店舒適無比，裏面配有豪華的織品、鑲滿寶石的銀器、古銅吊燈和鍍金馬賽克，附近的幾個景點像是謝赫扎耶德清真寺、總統府、阿布扎比盧浮宮、國家博物館、艾赫森宮殿……等也都豪到不行，讓我見識到錢的偉大和力量。

如果不是印尼女傭打電話給我，告訴我家裏的狗病了，估計我還會在這個用錢堆砌而成的城市裏繼續紙醉金迷。

" I'll come back immediately." 我對Rini說。

第二十九章/吃軟不吃硬

我火速趕回家，長耳朵柯基對我又跳又叫的，好不開心。

"What's matter with this?" 我問。

Rini吞吞吐吐地答不清楚，今天中午狗還病懨懨的……

我第一個想到的便是長耳朵柯基想我了，以致思念成疾，這個傻孩子！

"走！散步去。"我對狗喊。

我住的水晶湖社區又叫酋長城，是第一個用"酋長"來命名的社區，原因無他，因為酋長及"部分"王公貴族也住這裏，很可能走著走著就與藍血人擦肩而過……

"汪汪！"我的狗對著一個騎自行車的人吠。

那人長著一副中東人臉孔，膚色是健康的小麥色，有深邃的眼眸及絡腮鬍，是個好看的男人。

"Stop！"我對長耳朵柯基飆起英語，因為對方是外國人，我要他明白我是個盡責的主人，不會放任自己的狗做出不禮貌的行為。

誰知對方猛然剎車，狗趁機撲了上去，又是跳又是叫的。這下子我懵了，難道長耳朵柯基認識這個男人？

此時尾隨在後的壯實男人也下了車，並且擋在我面前。

"#¥#%€$……"那個明顯是主子的人說了幾句，壯漢退下。

"Is this your dog?"他問。

"Yes."我答。

"What's his name?"

"Changerduokeji."

然後他問我認不認識Nahr？我答認識，狗走丟了之後，是她把狗送回來的。

那人聽完，對我說了句"maʕ as-salāma"，然後騎上看似價格不菲的自行車走了。

阿拉伯語中的"再見"有兩個意思，一個是稍久以後見，另一個是待會兒見。他使用的是前一個，在我看來算慷慨的了，因為從他冷漠的態度看來，我幾乎可以斷定再次見面的機率微乎其微。

望著遠去的背影，我心想他應該就是Nahr的老公，同時憶起他被自己的老婆歸為Serious，不禁莞爾，這個名字也太貼切了，他的確嚴肅。

吃完晚餐，我很早就上床刷手機，直到睜不開眼才放自己睡覺去。睡夢中，有個人從後抱住我，身上有檸檬、麝香及柑橘的味道，那是小月姨最鍾愛的一款香水。

我猛然驚醒，伸手按下床頭燈，當看到女傭時，我一頭霧水。

"What are you doing?"我問。

Rini答他的男朋友不要她了，她難過得睡不著覺。

我安慰她別胡思亂想，她既年輕又漂亮，是那個男的沒眼光，讓他後悔去。現在夜深了，還是趕緊回房睡覺......

" No, "她又抱住我，" I want to sleep with you."

這是什麼跟什麼？

我坐起，表情嚴肅地要她馬上離開。

Rini問我是不是來真的？她比小月姨年輕，懂的也比她多，我反正已經守身這麼久，何不對自己好一點兒？

" Get out！"我大喊。

她哭著離開，很撕心裂肺的。

這麼一折騰，我的睡意全無，想到明天早上還要和Rini打照面，恨不得時間就這麼靜止不動。

你若問我對那事難道不想？這倒也不是，我沒有守身如玉的念頭，而是不想和自己的女傭......不，而是和Rini幹那事，她雖不難看，但離好看也還有一段距離......

好吧！我承認自己就是個顏質控。實話說，和小月姨在一起多半為了感恩，愛情的成份很少很少（這和她歲數大，長得又抱歉不無關係）。記憶中除了小河公主曾讓我怦然心動外，就只剩近期認識的那個人了。

此時，小河公主的臉和Nahr的臉交互出現，最後合為一體。

" 小河公主的眼珠絕對是藍色的，像Nahr的一樣。"我心想。

～

隔天，餐桌上擺著一張捲起來的阿拉伯大餅，有我的半截手臂那麼長。

這種餅不難吃，但當早餐未免太寒酸？

換作平常，我會抱怨幾句，然後要Rini重做一份，哪怕烤土司也行。如今因為昨晚的不愉快，我不想將矛盾擴大，決定"以和為貴"。

" Nice bread." 我說。

她微微一點頭，同時給了我一杯阿拉伯咖啡。

阿拉伯咖啡喝起來很苦澀，尤其還加入奇怪的香料，我挺不喜歡的，Rini也知道，可是今早她卻奉上。

我把不滿的情緒壓下來，沒想到她得寸進尺，一連好幾天給我各種奇奇怪怪的食物，屋子也沒以前乾淨，還經常給我擺臭臉，我這是招誰惹誰？

" I don't think you like this job." 我決定打開天窗說亮話。

她答以前她很喜歡這份工作，因為我對她好，現在不喜歡了，因為我對她不好。

那還有什麼好說的？我立馬辭了她。

她反倒哭哭啼啼的，問我難道就不能對她好點兒？如果對她好，她就留下。

怎麼個好法？難道和她共赴巫山雲雨？

我說過自己吃軟不吃硬，給我來軟的，什麼都好商量，若是硬著來，甚至出口威脅，抱歉！我不吃這一套。

" I don't want to see you when I come back." 說完，我叫上長耳朵柯基，一人一狗散步去。

第三十章/保鏢

溜狗回來，Rini果然不在，廚房有未洗的鍋碗瓢盆，水槽裏還有條待解凍的魚。

長耳朵柯基柔情似水地看著我，現在是它的晚餐時間。

我翻找了一下，找到了乾狗糧，但沒找到狗罐頭。

"對不起，今晚你將就著吃。"我對狗說。

當它集中精神吃食時，我想起該檢查一下屋子，畢竟一個工作兩年的女傭剛走，我得熟悉一下東西都擱哪裏了。

這一檢查不得了，小月姨的名牌包、室內的昂貴擺飾及牆上的裝飾畫全不見了。

我立即衝向主臥的保險箱，左三圈、右五圈、再左四圈後，門開了，我把小布袋拿出來，還好那個玉勒子尚在。

"嚇死我了！"我摀住胸口，"什麼都能丟，這個可不能丟。"

隔天我找來鎖匠把門鎖給換了，對於損失的財物隻字不提。不是我度量大，而是報警的過程很繁瑣，與我的時間和精力一比，Rini拿走的東西根本不算什麼，就當是送給她的遣散費吧！

下一步我並沒有著急找替代女傭，而是換一種活法，譬如三餐出去吃或叫外賣，日用品上Dubai Mall的超市買，洗衣讓洗衣店上門收件，洗完燙好再送回來（內衣褲比較麻煩，還好我錢多，成打成打的買，穿完就扔，非常省事）。至於屋內打掃，我買了兩個掃地機器人，一個樓上，一個樓下，分工得很好……

只是每當夜深人靜，我和長耳朵柯基坐在陽台仰望星空時，不免有些惆悵。以前女傭在時，屋子起碼還有人氣，現在就只剩下我……和狗，這是提前過上退休生活，實在太無聊了！

"嘟……嘟嘟……"手機響了，屏幕顯示是"小河公主"的來電。

沒錯，我把Nahr的手機號標註為"小河公主"。

"Hello." 我急急說。

"這是Nahr。"

"妳好妳好……妳好妳好。"我太興奮了，連話都不知道該說什麼好。

"明天中午有空嗎？我們一起吃個飯。"

"有空有空，地點妳選。"

Nahr說如果我不反對，那麼約在帆船酒店的雲頂餐廳見面。

帆船酒店以外型酷似帆船而得名，裏面金碧輝煌。該怎麼形容呢？那些看似黃金的東西，它真的就是黃金；看似水晶的東西，它真的就是水晶，把奢華發揮到極致。

這家酒店的雲頂餐廳我沒去過，倒是和小月姨吃過位於地下層的海底餐廳，有各種不知名的魚在魚缸裏晃悠，那種體驗還滿特別的。

我希望雲頂餐廳也有好體驗，畢竟這是和"女神"的第一次共餐。

～

我們搭乘快速電梯，不一會兒工夫便直達位於27層的雲頂餐廳，內部設計以藍綠色為主色調，加上波浪設計，有種進入太空世界的感覺。

服務員帶我們走向靠窗的位子，景觀很美，可以俯瞰整個波斯灣及迪拜城景，連棕櫚島也盡收眼底。

我翻看了一下菜單，吃的是法國菜，也就那樣，生蠔啊！藍龍蝦啊！鵝肝啊！……我閉著眼睛都能點（不是自誇，平常我吃的就是這類"家常菜"，早已麻木）。

"妳吃什麼？"她問。

"隨便，"想想不對，這個回答也太敷衍了，"我吃午市套餐，反正都一樣。"

午市套餐從前菜到飯後甜點全包了，省去點菜的麻煩。

於是她點了兩份午市套餐。

接著我們邊呡餐前酒邊無話可說，我在腦海裏拼命找話題，終於找到一個突破口。

"妳今天没穿黑袍也没戴面紗，不要緊嗎？"我問。

"我母親是芬蘭人，那裏的人不穿黑袍也不戴面紗，我也只是偶爾興起才會做那樣的打扮。我的丈夫很理解我，只要不過份裸露都ok。"

她的確穿得很端莊，一身淺藍色的長袍直到腳踝，腳趾頭修得整整齊齊，還塗上了金色指甲油。

由於她提到枕邊人，我說她的丈夫看起來很年輕。

"妳認識他？"她頗為驚訝。

然後我把在小區內偶遇的情況描述了一下。

"的確是他，他喜歡騎自行車。"她停頓了一下，"狗的事他也清楚，當我把狗帶回家的第二天，他來找我。"

"妳和老公不住在一起？"

"《古蘭經》裏規定阿拉伯男人可以娶四個老婆，他每隔三個禮拜來找我。"

原來我的女神只是別人的眾老婆之一，我有點兒小失望。

接著我問起她的瑞士行，她答很好，Kawthar不再鬧脾氣，讓大家都鬆了一口氣。

我忽然想起她的保鏢，今日好像沒見著，我下意識左瞧右看。

"妳找什麼？"

"妳的保鏢。"

"她辭職了，我已經兩天沒保鏢，我的丈夫很擔心。"

我告訴她這個不難找，很多公司都提供這類服務。

"是不難找，但我丈夫說得找個女保鏢，還得功夫好，年齡不能超過三十歲，這個就有難度了。"

我點頭表示同意。

"要不，妳來當我的保鏢。"她說。

"我？"我揚起聲，"我一點兒經驗也無。"

Nahr答這個簡單，他家僱用的保鏢公司正在招人，我會中國功夫，正好，稍微培訓一下即可上崗。

老實說我是有那麼點兒納悶，Nahr去過我家，知道我不缺錢，既然不缺錢，她哪來的自信認為我會接下這份工作？

"我……我想一想。"

"我的房子很大，廚子的手藝也很好，妳可以搬過來和我一起住。"

想到我家冷鍋冷灶的，內心開始動搖。

"我家還養了很多寵物，妳的狗也可以一起搬過來。"她補上一句。

這真是神助攻，我既能和女神朝夕相處還不用管生活瑣事，連狗事也安排好了，再美不過。

"好，明天我就去應徵。"我答。

第三十一章/走馬上任

我來到保鏢公司，大門上貼著徵人廣告，大意是徵求特種兵、退役軍警及體育生，培訓後擔任私人保鏢，身高不能低於175厘米，五官端正，沒有紋身，有駕駛證，身體素質要高……

一讀完，我心裏罵娘，這不是捉弄人嗎？我一個學考古的，身高不到一米七，雖然懂點兒詠春拳，但也就那樣了，根本不符合徵人條件。既然不符合，經理幹嘛還約我見面？白浪費時間而已。

我正想撤，有人叫住我。

" Are you Miss Su? " 他問。

"Yes."

接著他請我入內，並且馬上開出一個月的課程，承諾培訓結束後安排工作，月工資三萬迪拉姆。

我告訴經理，自己只是個普通的大學畢業生，身高也沒達標，這不要緊嗎？

他思考了一下，問了一個奇怪的問題：" Are you a female?"

這是什麼爛問題？我當然是個女的(至少生理結構上是）。

他答那沒問題了，一個月後絕對讓我成為合格的女保鏢。

話說得雲淡風輕，實際上可沒那麼輕鬆，讓我告訴你保鏢是怎麼練成的。

一些不合常理的體能訓練就不說了，暴力行為（酒瓶砸頭、以多對一等）也所在多有。我是受訓課程中唯一的女生，可是就算處於生理期也一樣要接受水中浸泡及滾泥漿的魔鬼訓練。還好平常我有健身的習慣，反應也算靈敏，一個月下來，體能上去了，還考到一張IPSC證書（但我尚不能合法擁有槍支，因為買槍需要槍牌，而槍牌需要經過三天有關槍支安全的課程培訓及考核，並且提供無犯罪證明才能獲得）。

等我如願拿到槍牌，公司為我配備了一把左輪。這是一把很沈的手槍，有六個彈巢，穩定性高，能有效防止卡殼。

雖然擁有槍支是件很酷的事，但我希望永遠都用不著它。

培訓完畢，我被安排到Maktoum家族上崗。

我只簡單帶了個手提行李包，畢竟天氣熱，穿正裝的機會並不多。再說了，真需要點什麼，我回家取就是，反正工作地點離我家挺近的，然而......

車子開了一個多小時後來到一個挑高的拱門前，大概之前打過招呼，站崗的警察沒有要求我們停車檢查，直接放行。過了大門後，沿途是馬場、駱駝場、鹿場......等，最後來到一棟大房子前。

經理告訴我這裏就是我未來要工作的地方，一個月休假兩天，今天是第一天上崗，由他引見，以後我開車上下班。

我問難道不提供住宿？還有，這是哪裏？

他回答這裏是迪拜皇室的眾多王宮之一，我運氣好，替王子工作，不過這位王子不提供住宿，因為他不是王儲，王宮的房間數沒那麼多。

想到每天都得在烈日下往返兩個多小時，想死的心都有，但換成晚班也很累人⋯⋯怎麼看都覺得自己傻，放著歲月靜好的日子不過，反倒拿石頭砸自己的腳。

“等遇到Nahr，我要質問她為什麼說一套做一套。”我心想。

然而工作五、六天了，我仍沒見著她，倒是跟著一個豐滿圓潤的女人上了好幾次商場。那人不和我說話，很高冷的樣子。

直到某天接到Nahr的來電，我才知道自己被擺了一道。

“太可氣了！我以為妳還在受訓，沒想到被派給王子殿下的二老婆。”她停頓了一下，“不行，我現在就抗議去！”

隔天我仍正常上班，下班後接到經理的電話，他說我被二老婆投訴了，不過沒關係，他已經幫我找到另一家，就在水晶湖社區，包吃住。

經理對自己的失職隻字不提，反倒把過錯推給我。

我沒有為難他，匆匆掛上手機，然後一路哼著歌回家。

Nahr的家比我家大上好幾倍，庭院目測有半個足球場大，我的狗正在草地上跟兩隻老虎玩耍，都是幼崽。

“坐，妳喝什麼？”Nahr問。

“我不喝，現在是上班時間，我到外面站崗。”

“妳若到外面站崗，萬一屋內有人對我行凶怎麼辦？”

“那麼我先檢查一下屋子。”

一檢查，我才發現皇室和平民百姓的住宅還是有差異的。這個如同皇宮般豪華的宅子有著強烈的阿拉伯風格，穹頂及拱門隨處可見，色彩以聖潔的白和大地的泥土色為主，加上鑄鐵工藝的桌椅、五顏六色的布藝、貝殼型的壁龕，無所不在的皇室Logo ......盡顯奢華大氣。

我把樓上、樓下都檢查了一遍，包括傭人房和車庫，然後回到客廳。

“Mrs. Maktoum，我已經檢查完畢，沒有可見的危險。”

迪拜王室的姓氏都是Maktoum，我無庸再詢問她姓什麼。

“沒有危險不就好了？快坐下，茶都涼了。”

我依舊站得筆直。

“好吧！我不為難妳了。”她說。

得到赦令，我到房子外面站崗。

不諱言地說，這是份極其無聊的工作，尤其戶外熱浪滾滾，即使站在椰棗樹下，依舊像做了桑拿浴，衣服就從來沒乾過。

每隔兩小時我有二十分鐘可休息，這時我會衝進自己的房間洗個戰鬥澡再換上乾淨衣服，等喝完冰箱裏的兩瓶冰水後，又到了站崗時間。

Nahr曾說泰國女保鏢辭職後她便沒了保鏢，我後來意識到她指的是貼身保鏢，因為房子外頭有不止一名男保鏢，他們輪班著，確保任何時刻都有人站崗。

好不容易等到太陽下山，我終於可以回房喘口氣，傭人卻通知我，女主人要出外用餐。

按照合同，我的工作時間是早七晚七，一天工作十二個小時已經夠可以的了，莫非還要加班？

由於今天是第一天上班，我不想惹主子不高興，還是默默接下任務。

" I'm coming." 我說。

第三十二章/天人交戰

晚上七點多，太陽的熱氣還未散去，我穿上黑西裝及黑長褲，像個黑社會小弟。

迪拜人很重視晚餐，我猜公主選的餐廳應該有著裝要求，但這不是我穿正裝的主因，而是自己佩戴了手槍，槍袋就在腋下，總得有個東西遮擋住，免得引起騷動。

司機停好車，我先下，觀察了一下四周環境，確認沒有可見的立即危險後才打開車門。

今晚的Nahr打扮得很耀眼，身著香檳色晚禮服，巧妙的V領設計突顯了她的天鵝頸，腰部有手工刺繡花紋，下襬是輕盈的網紗……一舉手一投足，顧盼生輝，美得不可方物。

當她走向公共區域的餐桌（不是包間）時，我站在靠近門口的角落，眼觀四路、耳聽八方。沒多久，服務員走過來告訴我，Nahr要我過去。

"Mrs. Maktoum，有什麼事？"我問。

"我的朋友臨時有事不能來，妳陪我吃飯。"

"可是……"

"没什麼可是，妳不是已經下班了？既然下班，我就不再是Mrs. Maktoum ，而是Nahr，妳的朋友。"

說得太對了，何況中午我只吃了個三明治裹腹，正飢腸轆轆。

"好，"我坐了下來，"那我不客氣了。"

這是一家阿拉伯餐廳，已經連續好幾年被評為迪拜最佳餐廳，稱得上是網紅店，我已經不止一次打卡過，算是熟客。

我稍微翻看了一下菜單，要了烤魚拼盤、土耳其羊肉飯、鷹嘴豆湯、沙拉和奇異果汁。 Nahr說也給她來個一模一樣的，但不要鷹嘴豆湯。

服務員走後，我問她為什麼不喝鷹嘴豆湯？

"因為它有股怪味。"她答。

中東地區的人很喜歡吃鷹嘴豆，譬如拿它與肉一起燉，或者搗成泥狀做成甜品，更多時候它是一種配菜，像水煮紅蘿蔔或油炸薯條一樣。

雖然Nahr的口味和當地人不一樣，但我尊重每個人的獨特性。

我們邊吃美食邊閒聊，聊著聊著，Nahr問我有沒有夢見過她？

我的心喀噔了一下，問她為什麼這麼問？

"小時候我一直以為夢是相通的，如果我夢見了小玩伴，小玩伴一定也會夢見我。當然，這是個可愛的想法，卻不是真的，但……自從第一次見到妳，我非常確信妳曾出現在我的夢裏，而且不止一次。"

接著，她告訴我她的每一場與我有關的夢境，聽得我冷汗直流。是的，我也在那裏。

"這就是為什麼初見面時，妳問'是妳嗎'的原因？"

"没錯，為了聽懂妳在夢裏說了什麼，我開始學習漢語。再告訴妳，兩年前的某天，當我正在睡覺時，我聽到妳的聲音，妳說：'嗨！我是蘇青青，初次見面，請多關照。'，可是我們明明已經在夢裏見過好多回了。"她停頓了一下，"老實說我到現在還分不清楚那究竟是不是一場夢，因為連妳呼吸的聲音我都聽得一清二楚。"

"哐啷"一聲，我的果汁杯落了地。

"Sorry." 我對趕來救場的服務員說。

一番手忙腳亂後才回歸正常。

"我希望妳不要誤會我是個瘋子才好。"她說。

"怎麼會？妳的精神完全沒問題，是我......是我不小心打翻了杯子。"我安慰她。

我清楚地記得兩年多前我闖入了新疆考古研究所，就為了親眼目睹小河公主的風采，當時我對乾屍說："嗨！我是蘇青青，初次見面，請多關照。"

由於談到敏感話題，氛圍變得沒有那麼自然，更糟糕的是她提起更敏感的事。

"今晚我丈夫不在。"

"噢！"

Nahr的老公有四個老婆，她是第四個，每隔三個禮拜輪到她。

"我的女兒也不在，她去同學家過夜。"

她不說，我真忘了她還有個女兒。

"妳為什麼要告訴我這個？"

"我......我以為妳想知道，"她選擇不看我，"我的房間在二樓向南，只有一間，妳不會搞錯的。"

我没注意到二樓向南的房間是不是只有一間，但她是否在暗示什麼？

"晚上……如果我醒來，會到二樓轉轉，確保妳是安全的。"我說。

"……謝謝！"她答，依舊看著桌上吃剩的魚骨頭。

～

整個晚上我睡得很不安穩，彷彿有盆火在身體內燒呀燒，等五臟六腑全燒光，我從床上跳起。

"蘇青青，妳幹嘛去？"

"我……我喝水。"

"床頭櫃上有瓶裝水。"

"我……我是保鏢，我去查看屋子安不安全。"

"蘇青青，妳……"

沒等我"天人交戰"完畢，我大踏步走出房外，直上二樓。

第三十三章/Kawthar

這是我居住在Nahr家的第一個晚上，屋內的感應式燈光讓我想起當年勇闖新疆考古研究所的情景，不禁毛骨悚然。

上到二樓，我發現向南的房間的確只有一間，可見它的面積有多大。

我輕手輕腳地走過去，再輕手輕腳地往回走，來來回回好幾趟，最終還是放棄。當回到自己的房間，我哀嘆聲連連。

蘇青青啊蘇青青，妳他媽的就是個孬種，多好的機會被妳放走了，妳以為天天都是星期天？

隔天天一亮我就站在椰棗樹下，直到換了兩次班，我才看到Nahr的影子。今天的她似乎情緒不佳，傭人過來和她交談，被她趕走了。

我以為她會坐在次客廳裏很久（没錯，屋子裏有兩個客廳，主客廳供男主人和男訪客使用；次客廳供女主人及她的閨蜜使用，阿拉伯世界就是這麼涇渭分明），結果不一會兒的工夫她就站起來走到落地窗外。

從我站著的角度看不到她，於是我通過長長的走廊走向後院，那裏有一長排的牧豆樹。這是一種生命力非常頑強的帶刺小喬木，不需要很多水灌溉就能長得很好，難怪被阿聯酋選為國樹。

現在我終於又看到Nahr，她凝視泳池好一會兒後才脫下身上薄如蟬翼的連身裙，露出底下的三點式泳衣。啊！那身材多麼婀娜多姿，該凸的凸，該凹的凹，兩個水蜜桃還柔軟有彈性，讓人忍不住想咬一口。

她做了幾個暖身動作後，一頭栽進泳池內，先是自由式，游了兩回後切換成仰式，我因此看到她緊緻的小腹及結實的大腿，像飄浮在水面上的一塊蜜糖⋯⋯

"Oh Jesus！"我聽到身後有人發出讚歎聲，原來另一名保鏢也悄悄跟了過來。

在男女授受不親的國度裏，偷看女人游泳是極其不禮貌的事。

我走向泳池，喚了一聲女主人的名字。

她從水裏冒出頭來，問："What?"

"有人在看妳，趕緊上來吧！"我說。

她一上岸，我把躺椅上的浴巾往她身上一裹，等她進了屋，我不忘對那名偷窺者豎起中指。

～

Nahr和我呈L型坐在次客廳裏。

"我知道Manjappa和Rama會偷看我游泳，這沒什麼，在海邊多的是穿泳衣的女人，妳太緊張了。"Nahr對我說。

"我以為阿拉伯女人都很保守。"

"生活已經夠壓抑了，如果再給自己加上各種條條框框，日子都不用活了。"

"那好，"我站起來，"以後我不多管閒事。"

"等等，"她握住我的手，"昨晚妳為什麼不進來？"

"我⋯⋯"

"妳害怕？"

我的確害怕，她是個公主（雖然母親只是個未公開的情婦），還是一名已婚婦女，我彷佛走在懸崖峭壁上，一邊是深不可測的海洋，另一邊是成群的兇猛野獸，只要踏錯一步，下場必是粉身碎骨。

"是的。"我答。

要承認自己軟弱很不容易，尤其面對的是自己心怡的女人。

Nahr說我還是不夠有勇氣，我答勇氣得用在對的地方，尤其她已經結婚了。

"難道結婚就不配擁有閨蜜？"她問。

"妳當我是閨蜜？"

"當然，我感覺我們已經認識很久很久了。"

知道Nahr不過視我為閨蜜，我有小失望，因為我要的更多。

"只當妳的閨蜜的確需要勇氣呀！"我一語雙關地說。

下午三點，Nahr說得去接女兒了，她在國際學校唸書，今天沒有課外活動，剛好帶她上商場逛逛。

Nahr的女兒約七、八歲，還是個小學生。

“她長得像妳嗎？”我問。

“妳看了就知道。”她答。

迪拜的國際學校允許家長進校園接孩子，當Nahr和其他家長寒暄時，我仔細觀察四周，生怕有一點點兒的差池。

“媽咪～”、“媽咪～”、“媽咪～”......一個個魚貫走出教室的孩子紛紛投入母親的懷抱，目測現場沒有父親來接。

等人都走光了，仍不見Kawthar。

“看來她又惹禍了。”說完，Nahr筆直地走向教室。

老師跟Nahr交談的時候，那孩子背對著大人，獨自坐在地上玩芭比娃娃。

“Kawthar，@#$&%......”Nahr柔聲地喊。

Kawthar依然不理會，做媽媽的只好走過去將她拎起。

當那個有著一頭棕褐色捲髮的女孩轉過身來時，我倒吸一口氣，這不是巴士上的小女孩嗎？雖然個兒抽高了，但那雙圓滾滾的大眼睛沒變。

接著Nahr向女兒介紹我，可惜等來的是一張冷漠臉。

“Hi, my name is Su Qingqing. How are you?”我的阿拉伯語不行，只好用英語向她打招呼。

她還是保持沈默。

Nahr趕緊解釋她女兒不是針對我，那孩子已經不說話兩年多了，連心理醫生也找不出原因。

兩年多？這麼巧？我記得兩年多前在新疆，她曾兩度開口對我說“Dubai”（迪拜）。

“妳女兒去過新疆嗎？”我問。

Nahr反問我那是哪裏？

此時小女孩用力一扳，手上的芭比娃娃斷成兩截。

"Kawthar，@&*$%……" Nahr又喊，這次有責罵的意味。

我皺緊眉頭，心裏有隱隱的不安。

第三十四章/奇怪的小女孩

講到購物，那不得不提迪拜購物中心（The Dubai Mall），它是世界上最大的購物商場，總面積相當於200個足球場大，匯集了購物、餐飲、休閒娛樂等項目，擁有一千三百多家品牌店，尚包括兩個百貨商店（老佛爺和布魯明戴爾）。

我和司機跟在一大一小身後，司機的手上拎著好幾個購物袋，那是過去三個小時的戰利品。

Nahr打發司機回車上後，我們一行三人進入Shake Shack，這是一家美式簡餐店，提供漢堡、熱狗、奶昔及薯條等。

"小公主"今晚的胃口似乎不大，半個鐘頭過去了，手上還有大半個漢堡。吃得慢只是部分原因，主因是大部分的時間裏她都在玩，把一根根薯條擺在托盤上，挪過來又挪過去。

Nahr忽略Kawthar的頑皮，試著與她交談，但說出去的話像擊出去的球，半天沒有回應，只換來點頭和搖頭。

當小女孩第N次點頭時，Nahr起身，代表用餐結束。

我幫著清理桌面，先把吃到一半的漢堡及喝得只剩1/3的奶昔扔到垃圾桶，再回頭取托盤。由於托盤被"小公主"注入了奶昔，上面飄浮著幾根薯條，稍微不留意，很可能把地板弄濕，我不得不小心翼翼捧著，然而就在一片狼藉中，我看到了徵兆。

"有股神秘的力量一直跟隨小河公主輪迴轉世，妳得小心避開，免得惹禍上身。"老教授說。

"什麼神秘的力量？"我問。

"我父親沒有明說，只表示這股神秘的力量自帶符號，如果任務失敗，結局便是和小河公主一起輪迴，到不了極樂世界。"

"你的意思是每三十年輪迴一次？"

"是的，公主輪迴後依舊是身份高貴的公主，但解救的人可不一定了，也許成為畜牲，甚至是肉眼看不見的細菌。"

"媽的，怎麼差這麼多？"

"所以妳要做的是找到公主，然後把玉勒子放進她的嘴裏。一旦公主到達極樂淨土，那股神秘的力量也瞬間瓦解，妳可安安穩穩地度過下半輩子。當大限來臨時，也是妳獲得永生之日。"

"和公主一樣？"

"沒錯，和公主一樣。"

此時奶昔上浮著的薯條拼湊成一個倒掛的五芒星，中間打了個叉，看起來很詭異。

這可是老教授所說的符號？我惴惴不安。

歲月如流，我在這棟豪宅裏已經待了十幾天，除了皮膚曬黑外，基本没什麼變化，倒是長耳朵柯基的戰鬥力升級了，路上看到別家的小狗小貓總想來個"餓狼撲食"，誰讓它的玩伴是孟加拉虎呢？

由於女主人只是個小老婆，家庭成員相對簡單，如同Nahr所分類的一樣，在這個家，Smile永遠Smile，Serious總是Serious，只有一個人嚴重不符，那就是Kawthar。要我說，她應該歸為Serious，而非Smile，我把這個想法告訴Nahr。

"不是的，兩年多前她很愛笑，什麼話都對我說，我不懂為什麼她會突然性情大變。心理醫生懷疑這是創傷後應激障礙所引起的失語症，具體是什麼，醫生没有結論，我更是一無所知。"

原來如此。

"需要我幫忙嗎？我的意思是我可以陪妳女兒玩，人一有伴，心情也會變好，或許她就願意開口說話了。"我說。

"真的？妳真的願意？"

這時我才了解什麼叫"眼睛裏有星星"，可惜Nahr眼裏的星星不是為我，而是為了她女兒。

"當然是真的，晚餐過後我可以抽出一個小時陪她玩。"

"既然這樣，以後晚餐妳都和我們一塊兒吃吧！"

"好的。"

決定和這個家庭親近，除了靠近女神外，我還想找出"神秘力量"。究竟這個神秘力量是他、是她還是它？我不知道，但當第一個"嫌疑人"出現時，我有必要一探虛實，畢竟知己知彼才能百戰百勝。

～

晚餐過後，我陪Kawthar在遊戲室玩。有錢人家就是這樣，大人有專門的娛樂室用來看電影、打台球或下國際象棋；小孩當然也有自己的娛樂方式，譬如這個遊戲室有個小型的球池滑梯及一整套的芭比夢幻家園。

我很少和孩子接觸，不知道他們喜歡玩什麼，但顯然Kawthar不排斥芭比，於是我和她玩角色扮演的遊戲。

" Mas Mu Ki?" 我拿起一個男娃娃，用阿拉伯語問她的名字是什麼 ？

Kawthar的手上拿著結婚芭比，白色的亮絲禮服看起來很高雅。

" Mas Mu Ki?" 我再次搖動手上的Ken （據說他是芭比的男友） 。

誰知她扔下手中的娃娃，拿起筆開始畫畫。

畫畫好，我才不想玩芭比呢！

那孩子在一張素描紙上畫了一個帶泳池的兩層樓房子，房子四周圍有很多樹……

顯然她畫的是她家。

" You can also draw your daddy, your mummy and yourself."我說 。（沒辦法，阿拉伯語不夠用，只好拿英語來湊。）

她聽話地畫了一個穿泳衣的女人，從胸部發達的情況來判斷，這是Nahr。接著她畫了一個矮半截的捲髮女孩，這個也很好理解，她畫的是自己，然後……她畫了一個留平頭的人躺在一個盒子裏。

我問盒子裏的人是誰？她指向自己。

什麼？！有沒有搞錯？那麼捲髮女孩又是誰？

結果她還是指著自己的胸口。

我迷糊了，一個人怎麼會有兩個分身？莫非這女孩精神錯亂了？

此時不遠處的地球儀吸引了我的注意力，我把它拿過來放在桌上，問她知不知道我們在哪裏？

她一眼就鎖定波斯灣南岸。

" Where is China?" 我又問。

她轉動了一下地球儀，指向太平洋西岸。

很好，至少她的地理常識還是有的。

我接著問她知不知道烏魯木齊在哪裏？

她拿起手上的紅筆，在地球儀上點了個紅點。

" Nearly ." 我說。

一個外國小女孩知道烏魯木齊這個小城市的大概位置已經很了不起了，即使有誤差，差不多得了。

當她又低頭畫畫，並且對我的問話不加理睬時，我決定今天到此為止，然後把地球儀放回原位，此時那個小紅點突然刺了一下我的眼。

" 這是哪裏？" 我自問，同時更靠近一些。

這一看不得了，紅點處不是羅布泊嗎？小河公主就是在那裏出土的。

我望向Kawthar，她正聚精會神地做畫，雷打不動。

第三十五章/秘密情人

整個晚上我睡得很不安穩，腦袋裏千軍萬馬在奔騰，Kawthar為什麼不說話？時間還剛好卡在兩年前，這是巧合嗎？

"蘇青青，妳幹嘛去？"

"我……我喝水。"

"床頭櫃上有瓶裝水。"

"我……我是保鏢，我去查看屋子安不安全。"

"蘇青青，妳……"

没等我"天人交戰"完畢，我大踏步走出房外，直上二樓。

我輕手輕腳地走過去，躊躇了一會兒，敲了兩下門。

"進來。"她喊。

一進門，感應式燈光隨即亮起，我看到一面金光閃閃的牆，由黃金和施華洛世奇水晶打造而成。

"我在這裏。"她又喊。

往左拐，我看到客廳、King Size的床以及床上坐著的女人，她的一頭亂髮顯得風情萬種。

"妳來了。"她說，聲音很慵懶。

"嗯！有些話想問妳。"

"上來。"她拍拍身旁的位子，雪白的被褥看起來很柔軟。

"我……我還是站著說吧！Kawthar好像……"

"好像什麼？"她將低得不能再低的胸口往下拉，"迪拜的天氣就是這樣，熱到不行，我整個人都快融化了，妳快來救救我！"

迪拜的天氣的確熱情如火，即使夜裏依然悶熱，但Maktoum家族不一般，二十四小時冷氣全開，

"怎麼救？"我問。

"妳過來，我教妳。"

～

這張大床正對著的天花板鑲嵌著好多顆水晶，即使沒開燈，仍像星空一樣燦爛。

"剛才……很好，"她親吻我耳垂，"我們再來一次，嗯？"

"不行，"我背過身去，"我會被亂石打死，妳也是。"

"別擔心，被亂石打死是男女出軌，針對同性戀，政策就是民不告官不管。"

這就是癥結所在，她老公肯定告我，我和她都會被公開審判，再以亂石擊之。

Nahr沈下臉來，她說沒想到我如此軟弱，既然這樣，走吧！她不會再對我有任何依戀。

我的身上還留著她的體香，叫我如何捨棄？但……

“對不起。”我起身。

“滾！”一個枕頭擊中我後背，“永遠別進我房間。”

隔天風雲變色，Nahr不再對我親近，她越冷淡，代表她越在乎。

我也不是完全無感，事實上我痛苦得不得了，那樣新鮮欲滴的果實，嚐過之後便永生難忘……

熬過難耐的白天，當夜幕降臨時，我像隻發情的公狗，只想往外衝。

“蘇青青，妳幹嘛去？”

“我……我喝水。”

“床頭櫃上有瓶裝水。”

“我……我是保鏢，我去查看屋子安不安全。”

“蘇青青，妳……”

沒等我“天人交戰”完畢，我大踏步走出房外，直上二樓。

實話告訴你，昨晚我曾上網查看，伊斯蘭國家把同性戀視為道德敗壞或生理上的疾病，各國採取了不同的制止措施，譬如強制性治療、坐監、在公共場所鞭刑……等，死刑倒是沒有。

既然不會死，Nahr又說這是民不告官不管的事，加上她老公又經常不在家，也許……

"扣、扣、"我輕敲兩下門。

無人回應，我又敲了兩下，還是一片寂靜，我正想離去，門開了。

"妳要什麼？"她倚著門問，身上的薄衣若隱若現。

"我……要妳。"

她笑如春花，一把拉我進房間。

顯然Nahr的"閨蜜說"也不過是"一說"而已，她的身體倒是比她的嘴來得實誠。在我們的互動當中，她是主導的一方，我反倒顯得被動，如果不是她的有意撩撥，依據我的"慢火燉熬"，這層窗戶紙不知何時才能戳破。

"妳怎麼了？"她親吻我。

"能不能問妳一個問題？"

"問。"

"我……是不是妳的第一個？"

我當然不會傻到以為她還是個處女，畢竟孩子都有了，我問的是我是不是她的第一個"女友"？

"不是。"

當聽到答案，我很傷心，雖然她也不是我的第一個"女友"（小月姨才是）。

"那是我們實際見面之前的事了。"她補上一句。

"我知道……等等，什麼叫實際見面？"

"大概十年前，我夢到一個短髮女孩，我們一同走進樹林裏。風很輕，陽光正好，身旁還有一隻小花鹿，那女孩主動吻我，從此我就愛上她了……"

我記得那件事，我以為做夢的不算數。

"其實不止一隻花鹿，而是兩隻。"我說。

"是嗎？這個我記不清了，因為我的眼裏只有……妳。"

她的坦率讓我感動，沒想到十年前的事她還牢記在心，同時間接證明她不是一個私生活混亂的人，她的"主動"其來有自，這讓我更加愛她。於是這次我主動要她，當我倆同時達到高潮時，我給她一個大大的吻，把她的嘴唇整個吸進嘴裏去。

接下來的幾天，我們焦不離孟，孟不離焦，就像馬德堡半球一樣，八匹馬都拉不開。如果不是今日午後的一輛豪車駛入，估計今晚又是香艷無比的一夜。

沒錯，Nahr的老公回來了，不出意外，他會待上一個禮拜。

Nahr曾說過這個包辦婚姻讓她很排斥，因為心裏有我，還有，她和新郎（遠房表哥）不過小時候見過數回，連話都沒能說上幾句，這樣的"盲婚"很難讓人心中有期待。

如今這個"表哥"氣宇軒昂地行經我面前，我向他鞠了個躬，他好似沒認出我來，踩著相同速度的步伐進屋。

從落地玻璃窗，我看到Nahr上前擁抱自己的丈夫，兩人親親我我的，旁若無人。

這一點兒也不像感情欠佳的夫妻呀！

我握緊拳頭，感覺指甲都滲進肉裏去，尤其當見到兩夫妻依偎著上樓，我的身體彷彿有千萬隻螞蟻在咬……

蘇青青啊蘇青青，妳算個什麼玩意兒？不過是見不得光的情人啊！

第三十六章/大惑不解

有人說"嫉妒是一把刀，最後不是插在別人身上就是插在自己心裏"，我深以為然。

男主人回來代表我這個情人得下台，這是早知道的事，我卻寢食難安，一個禮拜下來，瘦了不止十斤。

當女傭過來喚我吃晚餐時，我才知道那個迪拜男人已經離開。都說"狡兔三窟"，他倒好，有四窟，每一窟還擺著各具風情的女人，你說氣不氣人？

我回絕了女傭，說自己不餓，沒多久，Nahr過來敲我房門。

" Knock! Knock!" 她說。

"蘇青青不在，她死了。" 我賭氣地答。

她進房間，將門鎖上，然後跳上我的床。

" 別這樣，從現在開始的三個禮拜，我是妳的。"

" 我不要！"

" 真不要？"

"真不要。"

她作勢要走，我從後抱住她。啊！我愛極了她身上的味道，很蠱惑人。

然後的然後，我又被她撩得不分東南西北，正耳鬢廝磨時，她忽然喊停。

"不行，Kawthar還在餐桌上等我……們。"她說。

"那……好吧！把戰役留到夜裏。"

餐桌上的Kawthar還是一如既往的沈默，吃得很慢，一口飯咀嚼老半天。

Nahr說了她幾句，她不高興，直接離席。

"別理她，"Nahr雙手捂著太陽穴，"她越來越古怪，我已經力不從心。"

"別難過，我這就過去和她談談。"

說要"談"，其實只有我在唱獨角戲，她還是悶不吭聲，一個人在自己的世界裏神遊。

"哎！妳不說話，我感覺自己像個傻瓜。"我唉聲嘆氣。

她噗嗤一笑。

咦！莫非她聽得懂普通話？我決定測試一下。

"妳畫的是天空嗎？怎麼沒雲？"我說。

她隨即畫了一朵白雲。

太神奇了！她什麼時候學的中文？難道是在學校裏學的？

"看樣子妳聽得懂普通話，太好了，妳也知道我的英語和阿拉伯語都不咋地。"

她又笑了，這下子絕對是板上釘釘的事。

"Kawthar，妳看著我，"她真的盯著我瞧，"雖然我不知道妳為什麼不說話，但我很想與妳交流，妳看這樣行不行？我問妳寫，不想寫就畫，好嗎？"

她還是死盯著我。

我突然感到費解，會不會剛剛誤會了，她根本就听不懂普通話？

"嗯......妳討厭我嗎？"我問。

她搖搖頭。

很好，她聽懂了，並且對我的問話做出反應。

"妳為什麼不說話？"我又問。

她低下頭畫畫，畫的是一個倒掛的五芒星，像她在美式簡餐店用薯條擺出來的樣子，只是中間的大叉換成了公羊頭。

"妳畫的什麼？"我三問。

她不回答，接著畫小狗、小貓、老鼠、烏龜......

除了都是四腳動物，我找不出有任何關聯性。

"今天就到此為止吧！"我拍拍她的肩膀，"我對妳的表現感到滿意。"

她露出一絲詭異的笑容，讓人心裏發毛。

我們在床上奮戰，歷經一個禮拜的能量積壓，我要的更多；她也是，各種姿勢來者不拒。

"要不要喝水？"她問。

大戰方休，我氣喘如牛，極需水份補充。

“嗯！”我答。

她從臥室的小冰箱取來兩瓶水。

我撫摸著小喇叭造型的瓶身，問這是哪裏來的水？

Nahr答它是日本的高級飲用水Mastermind。

“多少錢？”

“不知道，大概六、七百吧！”

六、七百迪拉姆相當於人民幣一千多元，難怪瓶身的骷髏頭用水鑽鑲嵌。

然而即使用的是水鑽，依然改變不了它是個骷髏頭的事實。骷髏頭讓我聯想到死亡，死亡又讓我想起神秘的力量及其符號（老教授說那股神秘力量自帶符號）。

我忍不住告訴Nahr，今晚Kawthar畫了一個奇怪的符號，倒掛的五芒星中間有個公羊頭，問她知不知道是什麼意思？

“噢！那是我丈夫身上的紋身……等等，那紋身紋在臀部，Kawthar 如何知道？”

我不關心Kawthar如何知道，只關心圖案代表什麼意思？

Nahr答她也問過同樣的問題，得到的答案是五芒星代表大地女神，公羊頭則有生生不息的意味。

果然越保守的國家越關心傳宗接代的事。

我接著問她的丈夫總共有幾個孩子？

“不清楚，大概十幾個吧！那三個女人輪流懷孕。”

“妳呢？”我壓著她問。

“我不一樣，和他只是應付了事，只有妳能讓我全身心投入。”

因為這個回答，我親吻她，一遍又一遍，從上到下，喚醒她的每一吋肌膚。啊！這性感柔嫩的軀體叫人如何拒絕？我輕咬著、吸吮著，直到兩人都筋疲力盡為止。

"還想喝水嗎？"她又問。

大戰方休，我依舊氣喘如牛。

"不了。"我答。

誰知有一隻小手遞過來一瓶水，我猛然坐起，忘了全身赤裸著。

Nahr慌忙用被子蓋住我，自己則一絲不掛地下床，拉起Kawthar的手離開。

"奇怪！我明明鎖門了，她是如何進來的？"我心想，大惑不解。

第三十七章/短假期

Kawthar撞見了我和Nahr的好事，我整天惶恐不安。

"別擔心，"Nahr撫摸我的臉，"她不會說出去的。"

實話告訴你，本來我還希望能幫助Kawthar，讓她早點兒開口說話，這會兒我反倒希望她的失語症永遠也好不了。

這一天，我照例陪"小公主"嘮嗑，都是我在說，她悶不吭聲地畫畫。

"我感覺妳並不需要我陪，這樣吧！以後妳一個人想幹嘛就幹嘛，我不吵妳了。"我說。

她放下畫筆，直盯著我瞧。

"難道妳希望我陪？"我問。

她點點頭。

切，我還以為自己自由了呢！

"妳畫什麼？"我將目光放在她的畫紙上，"咦！才幾天的工夫妳就進步神速，畫的跟美術學院的學生不相上下。"

這不是溢美之辭，那孩子的確畫得好，把駱駝的雙重眼瞼和濃密的長睫毛都畫得唯妙唯肖。

"這是什麼？"我指著駱駝身旁的一根根柱子，它們的頂端有的尖，有的圓。

她還是不說話，低下頭給每根柱子下方都畫上一艘船。

"錯了，船在水上，不在沙地底下。"我糾正。

她依舊不理我，畫完船接著在每個船身裏面塞進一個人，有男也有女。

這也太奇怪了，哪裏來的迷你船？小到只能容下一人……等等，莫非這是小河遺址裏的船棺？槳形立柱代表男棺；卵圓形立柱代表女棺。

"Kawthar，妳畫的是不是從電視節目上得來的印象？"

我想起CCTV的《探索•發現》頻道。

她搖搖頭，在立柱旁邊畫了一個站立著的老男人（為什麼這麼猜？因為那人額頭有皺紋，平頭，穿褲裝）。

"這個男人是誰？"我問。

她指指自己。

瘋了！不久前她畫了一個被裝在盒子裏的男人，她也說那個人是自己。

我把她的紙筆搶過來，畫了一個捲髮小女孩。

"這才是妳，"我指著畫中人，"懂嗎？"

她睜著大眼睛，像看一個笨蛋似地看著我。

我受夠了這一切，推門而出。

"怎麼了？" Nahr親吻我。

"Kawthar讓我感到害怕。"

"我已經告訴過妳，她不會說出去，她已經答應了。"

我坐起，問她是怎麼跟女兒解釋的？

"我說……我和妳在床上游泳……乾游……裸泳。"

這個回答讓我吐了一缸子血。

"裸泳的事先擺一邊，今天晚飯過後，Kawthar又畫了奇怪的畫，還說自己是個男的，有皺紋的男人。"

Nahr想了想，得出結論："也許她指的是爺爺，我公公死的時候，她哭得很傷心。"

我徹底抓狂，發了瘋似地表示這個屋子讓我窒息，我極需休假，馬上！

"這樣吧！我們去看羚羊，順便在沙漠酒店住上幾天，就妳和我。"

"妳女兒怎麼辦？誰接送她上下課？"

"有女傭和保鏢代勞，何況我們週末前會趕回來。"

看起來安排得天衣無縫，我們當下便敲定明天一早出發。

我提醒Nahr告訴Kawthar她的旅行計劃。

"我若告訴她，我們就走不了了，她肯定肚疼。"她說。

是嗎？我不了解那個古怪的小女孩，也許她媽說得對，就該先斬後奏。

於是等Kawthar的前腳一走，我們的後腳也跟著出門。

車子一離開市區，我像隻飛出牢籠的鳥兒，快樂無比；Nahr也是，她說有翹課的快感。

"萬一妳丈夫……"

"我就說忽然想看羚羊，讓女保鏢陪我去。"

這個女保鏢身份很好地保護我們的私情，Nahr的老公做夢也想不到是我偷走他的老婆。

"我們好像在犯罪，而且一犯再犯。"我有感而發。

"只要能和妳在一起，就算被亂石打死，我也無怨無悔。"

因為Nahr的一席話，我也豁出去了（是呀！在性慾面前，我渺小的像一隻螻蟻）。

住在沙漠酒店的四天裏，我們彷彿置身天堂，每天沖沙、騎駱駝、獵鷹……同時隨時隨地準備與瞪羚邂逅（酒店位於羚羊保護區），而最最重要的是我和Nahr終於可以在一個相對隱秘的空間裏調情、做愛，不用擔心隔牆有耳，也不用害怕半夜有人闖入，真正做到"旁若無人"的境界。

當假期即將結束，Nahr才告訴我Kawthar肚疼，而且疼了三天。

"要不要緊？"

"不知道，我沒問。"

這真是一件匪夷所思的事，母親竟然不關心自己女兒的死活。

Nahr答不是她不關心，而是Kawthar前科累累，好比去年她和老公飛去牙買加度假，沒有帶上女兒，結果飛機一落地便聽說Kawthar病得很嚴重，兩人即刻返航，到家後卻發現女兒什麼事也沒有，奇怪得不得了。

"妳老公怎麼說？"我問。

"他說感覺Kawthar不是Kawthar，也許真正的女兒已經消失不見。"

第三十八章/中盅

由於假期太過愉快，如今一下子拉開兩人距離，我和Nahr都很不適應。幾天過後，女主人把我調進屋內站崗。

"不要緊嗎？小心人言可畏。" 我說。

"放心，我若有麻煩，底下的人也不好過，他們總不希望自己的工作沒了吧？" Nahr邊玩我的頭髮邊答。

"那妳女兒呢？妳不考慮她的想法？"

"考慮了呀！放學後和週末我都給她安排了很多活動和課程，夠她忙的了。"

我也注意到Kawthar的身邊多了一位婦人，跟進跟出的，說著一口泰式英語。

"保姆是妳請的？" 我問。

"不是，我一提需要保姆照顧女兒起居，我丈夫就派人過來。"

"這是不是表示晚餐過後我不用再陪Kawthar？"

"今晚我們問問她的意見。"

結果晚餐桌上"小公主"以點頭的方式表示需要我陪。

我很心煩，倒是Nahr挺欣慰的，她說没見過女兒這麼粘一個人，可見打從心底認可我。

切，這個磨人精就是上天派來折磨我的，折磨的方式還不一般，是慢慢凌遲，拉長我的痛苦時間。

不信？你瞧！

"這是什麼？"我指著畫裏兩條交纏在一起的蛇問。

她把蛇塗抹去，重新再畫，這回青色的蛇被白蛇吞進肚裏去。

媽的，這畫的可是白蛇傳？

說時遲那時快，一隻公羊緊接著出現，並且張開大口把白蛇（連同肚裏的青蛇）吞進去。

"妳在講故事嗎？"我忍不住問。

她不理會我，寫下一串數字：05122019。

05122019？這是什麼意思？

果然那孩子又跟我玩神秘，把我僅存的一點點耐心都消耗完畢。

"今天就到此為止吧！"我拍拍她的肩膀，"我對妳的表現感到滿意。"

她又露出一絲詭異的笑容。

我和Nahr躺在泳池旁的躺椅上，一口一個地吃菠蘿莓，它是美洲的一種野生草莓，外形像草莓，但果肉是白的，嚐起來有菠蘿味，很是可口。

"Nahr，05122019讓妳想到什麼？"我問。

"05122019？是不是手機號？……不對，這裏的手機號是七位數。"

"除了手機號，妳還聯想到什麼？"

"難道是保險箱密碼？也不是，"她偏頭想了想，"到底是什麼呢？"

此時保姆走過來報告今日小主人的足球課被取消了。

Nahr回覆知道了。

我忽然想起我的長耳朵柯基，它可好？

"我去看看我的狗。"我起身。

"待會兒再去，先把水果吃完，我一個人可吃不完。"Nahr說。

於是我又坐下。

我們還沒把菠蘿莓消滅殆盡，狗搖著尾巴過來，又跳又叫的。

"長耳朵柯基怎麼來了？"我心想，然後四處查看，沒看到傭人。

"這下好了，妳不用白跑一趟。"Nahr說。

"是的，"我把狗抱入懷中，"我不用白跑一趟。"

我和Nahr繼續過著神仙眷侶般的美好生活，如同女主人所言，家裏的工作人員對我們兩人的親密行為"視若無睹"，會"另眼相看"的也只有Kawthar而已。

這無疑是種鼓勵，我遂不客氣地把這裏當成自己的家，並且在Nahr的默認許可下開始發號施令。那些原本和我是"同事"關係的人沒反抗，與其說對女主人忠誠，倒不如說對錢忠誠，畢竟迪拜的外來打工人員很多，能夠在大戶人家工作成了美差一件，輕易不肯丟了飯碗。

這一天近中午，Nahr接了個電話後神色緊張。

"怎麼了？"我問。

"待會兒我丈夫會回來，妳……"

"不是後天嗎？"

"因為……"

"好了，不說了，我知道。"

我即刻起身離開。

再一次回到椰棗樹下，我的心情已經不是"鬱悶"二字能解，尤其看到過去幾天對我畢恭畢敬的人投來鄙夷的眼神，那種從天堂落入人間的感覺很糟糕。

"也許他們正在心裏取笑我。"我心想。

沒多久，一輛豪車駛入。

當男主人行經我面前，我向他鞠了個躬。他停下腳步看了我一眼，我以為他認出我來了，正準備接招，結果他將眼光移開，繼續踩著相同速度的步伐進屋。

從落地玻璃窗，我看到Nahr上前擁抱自己的丈夫，我有被打臉的難堪。

蘇青青啊蘇青青，Nahr從來就不屬於妳，妳還是醒醒吧！

再一次回到椰棗樹下，我的心情已經不是"鬱悶"二字能解，

我没有請假就回家，不忘帶上長耳朵柯基。

"我們還是回自己的窩舒服，對吧？！"

"汪汪！"

然後我開啟居家模式，把掃地機器人喚出來工作，一個樓上，一個樓下，分工明確。接著打電話叫外賣，我一直想吃鴻運樓的香酥鴨和龍騰軒的口水雞，這次無懸念，同時下單。

"待會給你吃雞和鴨，好不好？"

"汪汪！"

吃完飯，我把音響打開，在賈斯汀•比伯的歌聲中大玩王者榮耀。天哪！這才是人生。

"嘟……嘟嘟……"有電話進來。

"喂……Hello……Mrhbana……"

無人說話，於是我掛斷。

不一會兒，手機又響。我接了，喊了半天，喊了個寂寞，於是我又掛斷。

當第三次鈴聲響起，我查看一下屏幕顯示，當看到"小河公主"時，我將游戲暫停，同時關了音響。

"喂……喂……妳怎麼不說話？是不是不方便說話？"

等來的仍是死寂一片。

沒辦法，我只能再次掛斷。

知道Nahr想念我，我的心又開始不平靜。實話告訴你，才離開她幾個小時，我已經開始想她了。

蘇青青啊蘇青青，妳這是中了蛊！

第三十九章/巧遇廣末涼子

隔天，我又回到椰棗樹下，看到Nahr在窗前向我揮手，之前的所有挫敗通通一掃而光。

"只要她還愛著我，我願意為她做牛做馬。"我心想。

我還在自我陶醉，男主人領著孟加拉虎走了過來。才兩個月的工夫，這兩隻幼崽已經膨脹了一倍，現在看起來和我家的狗一般大。

"汪汪……汪汪……汪汪……"

長耳朵柯基不知從哪兒蹦出來，對我又跳又叫，興奮非常。

那個迪拜男人停下腳步看著我，恍然大悟，問我怎麼來此工作？我答承蒙Mrs. Maktoum不嫌棄，給了我一個糊口的機會。

男主人表示希望我能保護好他的老婆，她像籠中的金絲雀，不知人間險惡。

"Of course."我頷首。

他坐車離開後，Nahr又站在玻璃窗前向我招手，這次我假裝沒看見。

"妳怎麼了？"她向我走來，"叫妳老半天了。"

"我現在正在執行勤務。"

她噗嗤一笑，回答自己好害怕一板一眼的人呦！

"Mrs. Maktoum，也許妳丈夫過一會兒會回來，請掌握好妳的分寸。"

"原來妳擔心這個，"她頓然醒悟，"他飛去瑞士開會了，要好幾天才會回來。"

聽到這個，我的矜持開始動搖。

"我在房間等妳。"說完，她轉身離開。

我們親吻、愛撫、舔舐……做一切情人間會做的放蕩之事。

"洗澡嗎？"Nahr問。

"嗯！"

結果我們在浴缸裏打起水仗，讓浴室汪洋一片。

當浴室門被打開時，我其實渾然不覺，是Nahr發現了異樣。

"Kawthar，#¥&@……"說完，她跨出浴缸。

這下子Nahr可以向女兒解釋我們正在裸泳了。

我將頭埋進水裏，再冒出來時，被保姆嚇得不輕。

"I guess you will need a towel." 她把浴巾放在架子上，離開時不忘關門。

老天！這下子豈不是坐實我和女主人之間有不可告人之事？

我沒有請假就離開，由於走得匆忙，忘了帶上自己的狗。

“實在太丟人了，我肯定得躲幾天，省得事情越鬧越大。”
我心想。

為了執行計劃，我開車北上沙迦，同時關上手機（害怕再接
到Nahr的來電，破壞了我的計劃）。

白天我睡大覺，肚餓就叫客房服務；到了夜裏，我便跑到大
街上溜達，因為適逢沙迦燈光節，整座城市五光十色，給當
地居民及遊客提供了難忘的3D聲光體驗。

今晚當我又流連街頭時......

“ Pachinko......Pachinko......柏青哥。”

我猛一轉頭，竟然看到“廣末涼子”，這也太巧合了。

話說大四那年到北疆下田野，同行的還包括其他大學，其中
就有這位來自B大的考古系學生，她給我取了Pachinko的綽號
，因為我的名字裏有個“青”字，讓她聯想到日本盛行的彈珠
遊戲機—柏青哥（日語發音便是Pachinko）。

禮尚往來，我也給她“廣末涼子”的綽號，因為她長得古靈精
怪，很有日本女演員廣末涼子的味道。

“天哪！真的是妳，總算皇天不負苦心人。”她說。

“此話怎講？”我問。

原來畢業後她在博物館找到一份工作，好不容易攢下一筆錢
，原本想在故鄉買個小一居，聽說我在迪拜後，房不買了，
趁著年假飛到迪拜找我，可惜我住的社區不讓進，正愁不知
如何是好時，朋友遊說她到沙迦看燈光秀，没想到在這裏遇
上我。

知道故友千里迢迢來找我，我大受感動，馬上請“他們”吃宵
夜（廣末涼子身旁有個眼鏡男，一看就是年年拿獎學金的好
學生）。

“好呀！我想吃阿拉伯烤肉。”她說。

阿拉伯烤肉和我們熟悉的新疆烤肉串不太一樣，前者多是切碎或絞碎的肉（很少一整塊），有時連同蔬菜一起烤。

知道廣末涼子想吃當地烤肉，我開車在市區轉呀轉，終於在伊斯蘭文化博物館附近找到一家。我們點了烤肉、沙拉、炒牛雜和奶茶，烤饢是送的，想吃多少都行。

席間，廣末涼子精神奕奕，相比之下，她的朋友寡言多了。

“你們住哪裏？”我問。

“我們帶了帳篷來，兩個。”她答。

“這裏哪裏可以露營？”

“哪兒都可以啊！只要帶夠水就Ok。妳想想，在靜謐的星空下觀看滿天星斗是何等浪漫的事。”

此時男人直指現實：“最主要是省了住宿費。”

“我也好想睡在星空下啊！”我喃喃道。

廣末涼子說這有什麼難的？吃完飯跟他們走就是。

我看著另外一個人，他没說話，我便當他默許了。

“好，我跟你們一起去！”我答。

第四十章/眼鏡男的悲歌

我以為露營地俯拾皆是，但前方車輛硬是離開市區往東南方向開去，沿途一片死寂。我跟車在後，開始感到不安，想著該不該中途離開？畢竟我和故友已經三年多不見，三年的時間足以改變一個人……

還好沒多久車子便離開大路彎進小路，不到八百米的距離，我看到了露營地。

把車停好後，廣末涼子告訴我，她之所以臨時更換地點是為了讓我有一個永生難忘的體驗。

"妳來過？"我問。

"沒有，聽網友推薦的。"

我的心喀噔了一下，這未免也太冒險了？

由於時間晚了，服務中心人員給了一張地圖，讓我們先隨便找個空地睡下，繳費的事明天再說。

我問可有帳篷出租？那人答沒有，還反問我來露營為何不帶上帳篷？我無言以對。

“不要緊，妳可以跟我擠一塊兒。”廣末涼子說。

我以為有錢什麼都好辦，没料到來到前不著村後不著店的荒涼處，只能共用故友的東西。她倒不小氣，連泡好的茶也大方跟我分享，妳一口我一口的。

“哇！這裏的星星真多，數也數不完。”我仰望星空感嘆。

這是真的，從小到大我就没看過這麼多的星星，像銀河似的。

“如果星星是鑽石就好了。”廣末涼子說。

“妳喜歡鑽石？”我問。

“是女孩都喜歡鑽石。”

我答我就不喜歡。

此時眼鏡男問我是不是女的？我一時語塞，這該如何回答？

“當然是哥囉！”廣末涼子四兩撥千金，“否則怎麼叫柏青哥呢？”

“這下我可不放心了。”眼鏡男說。

“有什麼不放心的？我和柏青哥又不是没睡過。”

她指的是睡大通舖，但這樣的回答很容易讓人產生誤會，於是我馬上解釋自己是個女的，只是長得有點兒雌雄莫辨。

“那就好，”他鬆了一口氣，“妳們聊，我先睡了。”

他鑽進自己的帳篷没多久，我也喊累。

“那麼我們一起睡吧！像從前一樣。”廣末涼子興奮地說。

夜半，有一隻不安份的手緩緩爬上我的小腹，我將它輕輕推開。

“妳不喜歡我？”她問。

“我累了，咱們都睡吧！”

沒多久，我聽到哭泣聲，因為被刻意壓抑，反倒“驚天動地”。

“怎麼了？”我拍拍她的後背。

“別……別管……管我，是……是我……自作多情。”

我怎能不管她？她的哭聲這麼大，我怕她吵醒別人。

“過來！”我喊。

她躊躇了一會兒，還是鑽進我懷裏。

“別哭，我會心碎。”

我說過我在女人堆裏就是個兒皇帝，一時興起也會給口惠哄女孩子開心，但裏面真實的成份很水，不能當真。

沒想到我的隨意一說打開她的話閘子，她告訴我北疆行之後，她不斷地想我，越叫自己別飛蛾撲火，情況就越糟糕，終於有一天爆發了，她告訴自己如果再不向我告白，那就了結生命吧！反正生不如死……

“噓！別說傻話，妳還有大半人生好過，千萬別放棄生命。”

“那麼請愛我，哪怕一點點也好。”

“我要如何愛妳？”

話一問完，她親吻我，像我親吻Nahr一樣。

“夠了嗎？”我問。

“不夠。”

接著她強佔我身體，我像個木乃伊似的，半天沒反應。

“妳不是？”她問。

“我是，但妳不是我的菜。”

“我知道了，”她離開我的身體，“妳嫌我醜。”

我解釋不全然是。

“那麼請愛我，哪怕假裝也行。”她又抱住我，“這世界沒有人能真正了解我，如果到死我都不知道性愛的滋味，那多可悲！”

她的感覺我懂，即使到現在，我家人依然接受不了我是拉拉，他們仍舊希望我嫁給男人，然後過上所謂“正常”的生活。

我嘆了口氣，問她是不是處？她給予肯定的答案。

“那麼我輕一點兒。”我答，然後解開她的鈕扣。

沙丘在晨光下看起來與平時截然不同，說不上為什麼，也許陽光投射的角度不同吧？！

“Good morning.”當眼鏡男從帳篷裏爬出來，我向他道早安。

他的臉色不佳，似乎沒睡好。

“她……還好吧？”他問。

這個“她”指的是廣末涼子。

“很好。”

“聽著，如果妳不是個女的，我起碼還能揍妳一拳，現在我卻像隻喪家犬，連生氣都找不到理由。”

顯然眼鏡男知道了一切。

“很抱歉，”我停頓了一下，“不會有下一次。”

“妳保證？”

“我保證。”

這是見面以來，他第一次展露笑臉。

“祝福你！”我拍拍他的肩膀，“我先走一步，也許中午之前能回到愛人身邊。”

他笑得更加燦爛，以為自己掌控了一切。

第四十一章/裸泳

“妳上哪兒去了？”Nahr環抱我的腰，“手機不接，短信也不回。”

“我……我散心去了，沙迦的燈光秀很好看。”

“怎麼不帶我去？”她聞了聞我的身子，“這是什麼味道？”

“不過是汗臭味，”我推開她，“我去洗個澡。”

我在浴室裏待了很久，用了三種不同香味的沐浴露，頭也洗了好幾次，直到確認自己的身上不再有廣末涼子的味道為止。

沐浴完畢，我伸手拿浴巾，發現上面有個皇冠Logo。

這不是我的，誰進來過？

這麼一想，我嚇壞了，趕緊跑向五斗櫃。

還好在數十雙襪子中，我很快找到黑底帶紅色線條的那一雙，並且發現裏面的玉勒子尚在，不禁鬆了一口氣。

“扣、扣、”有人敲門。

我走過去開，忘了自己身上只裹著浴巾。

"Nahr，妳怎麼來了？"我問，這是她第一次上我的房間。

"來看看妳。"她左看右瞧，"妳一個人？"

原來查崗來了，她的小心思在我看來很可愛。

"當然不是一個人，"我擁抱她，"還有妳呀！"

"討厭！"她捶打我。

這一打，撩起我的慾望，我很快壓她在底下。

"小野貓，看我怎麼治妳！"說完，我把她的肩帶拉下。

我幫她拉上裙子的拉鍊。

"這是什麼？"她拿起小布袋，並且打開小繩。

我一把搶過小布袋，但太晚了，她已經看到玉勒子，並且當場昏了過去。

"Nahr，"我扶住她，"妳還好吧？"

我喚了她好幾聲，她才睜開眼。

"我……我怎麼了？"

她沒提玉勒子的事，我也裝傻。

"妳可能貧血了，快到床上躺躺吧！"我說。

"不用了，我反正清醒過來，精神也還好。"

"扣、扣、"

突來的敲門聲讓我們都緊張起來。

"Who's there?"我隔著門問。

原來女傭在找Nahr，因為男主人回來了。

我把女傭打發走，和Nahr互望一眼，盡在不言中。

顯然Nahr就是小河公主（老教授曾說過真正的小河公主看到玉勒子會有暈眩感）。

你若問我既然認定Nahr就是小河公主，為何還不快快執行任務？

實話告訴你，我是個挺自私的人，小河公主每三十年輪迴一次，我想拖到最後一刻再執行"死刑"，盡量將相處的時間拉長……

這次男主人只待了半天就走，為了彌補，他答應三週後帶Nahr去度假。

此時的我躺在泳池旁，Nahr正一口一個地餵我吃已經切成塊的仙人掌果。

仙人掌對大眾來說應該不陌生，但很少人知道它居然還結果，果實呈紫紅色，嚐起來酸甜多汁，聽說有助養顏美容。

"妳丈夫待妳還是不錯的。"我有感而發。

"妳去過塞班沒？想不想跟我們一起去？"她顧左右而言他。

"我才不想看你們夫妻秀恩愛。"

"要不妳想怎樣？難道殺了他？"

此時一句"Madam"嚇了我們一大跳。

平靜過後，Nahr問保姆有什麼事？她答小主人的芭蕾舞鞋該換新的了。

"I know. You can leave." Nahr答。

人走後，我說這個保姆讓我神經緊繃。

"是嗎？"她咯咯咯地笑，"Smile一定很驚訝妳的評價。"

沒想到保姆也被她歸為Smile，只是這個笑讓我聯想起"笑裏藏刀"。

我們在商場裏買到芭蕾舞鞋，可是小公主依舊擺臭臉，即使Angelina的栗子蛋糕也沒能改變什麼。

"Kawthar，妳是不是有什麼事不開心？"我問。

那孩子指著我。

"我？我怎麼惹妳不開心？我們已經好幾天沒見面了。"

Nahr一臉驚訝地看著我。

"是真的，我昨天才從沙迦回來。"我解釋。

"我不是指這個，而是妳們怎麼使用普通話交流？"她問。

"難道學校不教這個？"

說完，我轉看Kawthar，她一副"不干我事"的模樣。

"也許我該打電話問問。"Nahr喃喃道。

學校和保姆都表示沒有這個課程，這讓我想起一件事。

"Nahr，上禮拜妳丈夫第一天回家，當晚妳是否打電話給我？"

"為什麼要打給妳？"

"因為……因為我跑回家了。"

"妳跑回家了？為什麼？"

原來那晚打給我的不是Nahr。

根據"問話不回答"的這個特點，我猜想是Kawthar搞的鬼，這下子讓我神經緊繃的不止保姆一個人了。

沒多久，當那孩子又鬧肚疼時，我反倒覺得正常。

"我們還是回去吧！待會兒還得裸泳呢！"我故意說。

第四十二章／多哈

也許我不該在孩子面前講這麼露骨的話，但不說，怎麼解開我心中的迷團？

我悄悄走進主臥室，選好一個絕佳的位置擺上攝像頭。

當我和Nahr又在床上裸泳時，那孩子出現了，她的母親很驚慌，我卻心中竊喜。

"這下子就要水落石出了。"我心想。

我回到自己的房間，關好門，把錄相倒帶。從屏幕中，我看到門把被轉開（多麼神奇呀！明明上了鎖，莫非那孩子有萬能鑰匙？）。

如果我只看到這裏，整件事還不致於太驚悚，問題是我接著看，當看到一隻成年人的手把開著的門又關上時，我嚇得心臟都快跳出來。

原來Kawthar只是個傀儡，那麼背後的扯線人是誰？是女傭、保姆、男保鏢……還是這棟房子的男主人？

我細思恐極。

我整天疑神疑鬼，到了草木皆兵的程度。

“妳怎麼了？”Nahr親吻我，“最近很應付了事，再這樣下去，小心我不要妳了。”

“也許妳可以再找個情人。噢！不用麻煩，屋外就有兩個男保鏢，妳要我去喚他們進來嗎？”

“啪！”我的左臉頰挨了一巴掌。

“妳怎能這麼說話？我的心妳還不明白嗎？”

看Nahr淚眼婆娑，我驟然心軟。

“對不起，我太緊張了，”我擁她入懷，“這屋子好像被下了咀咒，我每天都心神不寧。”

“也許出外走走會好一些，妳想去哪裏？我陪妳。”

我有一艘法國製造的風帆遊艇，被我命名“月亮號”（藉以紀念小月姨）。隔天，我駕船沿著波斯灣航向西北的卡塔爾，僱用的水手依然是希臘裔的Sexta。

“五個多月前，我曾為了阻止自己見妳，刻意出海，沒想到船開出去不到三個小時便狂風大作兼暴雨如注，不得不返航，錯過一探卡塔爾的機會。”我邊掌舵邊說。

這艘船是風帆與遊艇二合一，不想升帆或換帆時可以發動引擎，便捷是便捷，但少了樂趣。

“妳為什麼要阻止自己見我？”她問。

“因為……因為我怕我會愛上妳。”

“妳知道妳會愛上我？”

這個問題不是回答不了，而是我怕說出來會嚇到她（一旦愛上她，代表任務很難完成，誰會捨得對心愛的人下手？）。

於是我顧左右而言他。

"當跑車銷售提起有個藍眼珠的迪拜公主會來提車時，我隱隱覺得有事即將發生，刻意迴避，但後來還是去了，那天妳穿著一襲黑袍。"

"原來是妳，那天在展廳裏，我總感覺背後有一雙眼睛看著我。"

"沒錯，是我，我隔著玻璃落地窗看著妳的背影。"

說完，我們含情脈脈地看著彼此。

我們在卡塔爾的首都多哈上岸，它原來是一個以打撈魚蝦為主的小城鎮，隨著石油工業的發展，一躍成為繁榮的現代化城市。

"準備好了嗎？"我問Nahr。

"好了好了，妳看我的這身打扮還行嗎？"

不過喝一杯咖啡的時間裏，我的女人便已光鮮亮麗。

"嗯！很漂亮。"我讚美。

Nahr穿上了一件改良式黑袍，袖口和頭巾都有金線刺繡，她還圍上了面紗，徹底成為我的阿拉伯公主。

第一站去的是伊斯蘭藝術博物館（彌補上回我錯過的），它位於人工島上，是迄今為止最全面的伊斯蘭藝術類主題博物館。

貝聿銘曾說這是他設計的最後一個大型文化建築，目標是捕捉住伊斯蘭建築的精髓。

事實上他做到了，在這裏，你可以看到白色石灰石呈幾何式疊加，也可看到中庭的銀色穹頂下有不同的空間組合。還有還有，通過150英尺高的玻璃幕牆，你能望見外面的碧海金沙。

“真是壯觀啊！”我忍不住讚歎。

没想到Nahr嗤之以鼻，她認為阿布扎比的古根海姆博物館更勝一籌。

“呵呵！忘了妳是公主，當然只能說自家的東西好。”

“不是公主，我母親只是個情婦，從來沒被官方承認過。”

“顯然妳丈夫並不在意這一點。”

“我丈夫只跟王室沾了點邊，算遠親，所以没那麼多包袱。話說回來，我們兩人的血緣關係不那麼近，不明白為什麼會生下一個古怪的孩子。”

講到Kawthar，我無語了，她像一枚不定時炸彈，害我日日提心吊膽。

“我餓了，找家餐廳吃飯吧！”我轉移話題。

“我知道有一家店賣特色烤魚及蘸湯大蝦，挺好的，我帶妳去！”她說。

第四十三章/不告而別

這家餐廳使用的是一種叫"哈穆拉"的魚，肉質鮮嫩，以松枝烤熟，具有特殊的香氣；蘸湯大蝦則是將大蝦油煎後，蘸上用羊肉末製的佐料食用，非常的鮮美爽口。

吃飽喝足後，我們回酒店休息，養好精神才能迎接接下來的行程。

~

隔天吃完酒店提供的早餐，我們來到瓦其夫老市場。它最初是游牧民族和當地人交易的露天集市，已有上百年的歷史，建築多用石頭砌成。瞧！刷白的泥牆、外露的木樑、縱橫交錯的巷道，獨輪送貨的小車……讓人彷彿回到一千零一夜的年代。

我們流連在宛如迷宮的街道上，兩邊的店鋪和露天攤位正銷售著香料、傳統服飾、手工藝品……等，琳瑯滿目。

"看！水煙，我好久沒抽了。"Nahr喊。

經過她的介紹，我才知道阿拉伯水煙最初起源於印度，十六世紀開始在中東地區流行，原理是用木炭燃燒煙草，產生的煙霧會通過一個裝滿水的器皿才到達煙民的嘴裏。

與傳統的香煙一比，除了構造不同，煙絲的口味也豐富許多。喏！水果口味的有蘋果、椰子、藍莓、檸檬……等；草本口味的有玫瑰、香桂、香草、茴香、荳蔻……等；混合口味的有咖啡、雞尾酒、可樂、卡布其諾……等。

"抽煙有害健康。"我老氣橫秋地說。

"可是我想抽，妳也試試，一次就好。"

為了不拂她的意（可見我有多寵她），我們找了個咖啡館坐下，要了咖啡和水煙。

阿拉伯水煙壺可分單人、雙人、四人使用，服務員給我們雙人壺。

你若問我抽水煙的感覺，它其實没什麼煙味，大概尼古丁被水給吸收了，抽起來還挺舒服的，滿嘴清香。

正因為它没那麼不堪，所以逛老市場時，我同意買個水煙壺回酒店，從此一發不可收拾。

通常的情況是做愛前抽，做愛後也抽，漸漸的，無聊的時候抽，不無聊的時候也抽，以致兩個禮拜過去後，我對卡塔爾印象最深的竟然是抽水煙。

當風帆再度揚起，我躊躇再三，最後還是把水煙壺扔進大海裏。

"為什麼？"Nahr一臉驚訝地問。

"我不想當煙癮者，這玩意兒能把人的時間全搭進去，我還有更重要的事要做。"

"什麼重要的事？"

重要的事便是找出神秘的力量，在它摧毀我之前，早一步摧毀它，但我不能這麼答。

“重要的事便是讓Kawthar回歸正常，並且開口說話。”

“謝謝！”Nahr親吻我，“我愛妳更甚。”

此時上升中的縱帆竟然掉了下來。

“What's up?”我喊。

水手Sexta答沒事，他能應付。

我把舵交給Nahr，自己跳上甲板幫忙。

回到Maktoum家後沒兩天，Nahr跟著丈夫去度假，出發前Kawthar喊肚疼，沒跟著一起去。

“爸爸和媽媽度假去了，妳難過嗎？”我問那孩子。

她搖搖頭，然後指向我。

“我還好，不怎麼難過。”

她隨即在紙上畫了一個長鼻子的木偶，顯然她暗喻我說謊。

“不，我不是匹諾曹。”我把她的紙筆搶過來，在木偶身上畫了很多線，“回答我，操縱扯線木偶的傀儡師是誰？”

Kawthar果然又玩我，畫山、畫海、畫外星人、畫魚缸裏的魚……就是不肯告訴我那個指使者。

“妳玩我很開心，是吧？”我問。

她接著畫了一隻鳥，還寫上一行字：**You are a bird brain.**

中國人認為豬或鵝笨，所以罵人會罵笨豬或呆頭鵝，但西方人認為鳥笨，如果有人說你是鳥腦，意思是罵你笨。

“妳竟敢說我笨？”我抓住她畫畫的那隻手，“妳這個不受教的野孩子！”

我發誓我没有弄哭她的意思，但她卻哭得驚天動地、鬼哭狼嚎，嚇得我趕緊鬆手。

保姆進來時，我一臉狼狽。

" Did you hurt her?" 她質問。

我解釋我可能說話大聲了點兒，但没有傷害小主人的意思。

" Come here, dear." 保姆對Kawthar說。

没料到那個被我弄哭的孩子反倒粘著我。

" I'll call your dad." 說完，保姆走了。

這下糟了，經保姆這麼一告狀，男主人不殺了我才怪！

我唉聲嘆氣地回到自己的房間。

想到男主人可能已經知道我虐待他的寶貝女兒，再想到Nahr今晚肯定跟自己的老公幹那事，我頓時生無可戀。

當晚，我又不告而別。

第四十四章/打退堂鼓

我把音響打開，在賈斯汀•比伯的歌聲中大玩陰陽師。天哪！這才是人生。

"嘟……嘟嘟……"有電話進來。

"喂……Hello……Mrhbana……"

無人說話，於是我掛斷。

不一會兒，手機又響。我接了，喊了半天，喊了個寂寞，於是我又掛斷。

當第三次鈴聲響起，我查看一下屏幕顯示，當看到+86……時，我愣住了，這不是中國的國際電話區號？難道是父母打來的？

我索性將游戲暫停，同時關了音響。

"喂！"

"蘇同學，現在趕緊回Maktoum家。"一個蒼老的聲音傳來。

蘇同學？好久沒聽人這麼喊我。

“您是哪位？”我問。

對方隨即掛斷，好個沒禮貌的傢伙！

我把音響重新打開，繼續玩遊戲，但那蒼老的聲音揮之不去，會叫我“蘇同學”的人不多，是哪個男老師至今還保留我的手機號？不對，我用的是迪拜的手機號，這麼說是近兩年認識的人……

直到上床，我還是想不起來對方是誰。

“哎呀！打過去不就知道了？”我猛敲腦袋。

結果無人接聽。

我再度查看對方號碼，當看到+86 432……時，我愣住了，這不是吉林的電話區號？我不禁想起大四那年的答辯……

“蘇同學，妳今天的答辯準備得相當充份，讓我印象深刻，最後我額外問一句，妳為什麼會選擇這個論文題目？”

問我話的是系裏的老教授，可是他明明已經死了，死掉的人還會給我打電話嗎？

想至此，我這個“蘇大膽”也不淡定了，連夜趕回Maktoum家，至少那裏有人氣，屋外還站著兩個高頭大馬的男保鏢。

經過一夜的輾轉反側，總結的結果是有人開我玩笑，誰呢？最有可能的便是我的大學同學。我猜這位仁兄聽“廣末涼子”提起我的現況，決定送我一個“驚喜”，我卻因此嚇破膽，真是滑天下之大稽！

我從床上跳起洗了個戰鬥澡，然後精神抖擻地陪小公主上學去。

是這樣的，男主人的身邊有一支保鏢隊，這次度假又是蜜月性質，女主人應該不會單獨行動，所以我被留下來保護小公主，讓原來的男保鏢輪流放年假。

哎！什麼時候也輪到我放年假？

～

保姆把Kawthar送進學校後走出來，問：" Do you want to eat breakfast?"

我答不吃也行。

她說附近有一家傳統的迪拜早餐店，去試試如何？

我猜想她已經吃過早餐，這是變相想和我聊聊。

" Ok." 我答。

迪拜的早餐有一個固定的形式，那就是不管吃什麼都會有三種醬汁（咖哩醬、辣醬、奶味醬）和一種配菜（通常是辣蘿蔔乾），這家也不例外。

我點了洋蔥糊塌子，就是混合麵粉、洋蔥和調料所煎成的餅。

" Why don't you eat?" 我邊吃邊問。

她答不餓。

老實說，這餅不難吃，就是吃多了口渴。

" 渴死我了。" 我喃喃道，正想招手叫服務員，保姆的動作比我還快。

這讓我想起一件事，某天我和Nahr在泳池旁聊天，我提到想去看看長耳朵柯基，當時保姆在場，沒多久，狗自己跑過來了。

莫非這個保姆聽得懂普通話？我決定測試一下。

" 喂⋯⋯嗯⋯⋯幾點？⋯⋯下午可以，我過去拿。" 我假裝接了個電話。

掛上後，我繼續吃早餐，還把傑拉卜（Jellab)一口氣喝光，它是迪拜特有的冷飲，由葡萄糖漿和玫瑰水調製而成，上面覆蓋了松仁和葡萄乾。

" Kawthar leaves school at 4:30 in the afternoon，because she has a chess lesson today." 保姆說。

我問她是否聽得懂普通話？她答不懂，之所以告訴我是因為那孩子的每天作息時間不固定。

" I got it. How do you know Mr. Maktoum?"

聽我提起男主人，那保姆有些慌張，她說是家政公司安排的，之前並不認識這家人。

事情到這裏，我還沒發現太大的漏洞，但接下來的談話就蹊蹺了，她強調這個國家很保守，對出軌一事向來不寬容，外國人還是照顧好自己，別害人害己……

我問她是不是意有所指？她答最近聽朋友提到有人出軌人妻，最後兩人都被私刑，死狀很慘，所以有感而發。

天哪！我光顧著看法律條文，忘了還有"私刑"，現在離"被亂石打死"好像不那麼遙不可及。

" 謝謝妳告訴我這些。" 我故意用普通話說。

" 不客氣。" 她答。

保姆以她的獨特方式告誡我就此打住，我也開始思考全面撤退（我沒忘了老教授的遺願，但萬一他是胡謅的怎麼辦？他倒好，已經一死百了，我和Nahr卻有可能以一種恥辱的方式失去生命，兩個被愛沖昏頭的人總得有一人是清醒的才行）。

此時Nahr不在家，時間點再合適不過。

"扣、扣、" 我正打包行李，有人敲我房門，我走了過去。

"Kawthar，妳怎麼還不睡？"我站在門口問。

她逕自走了進來，手指著我的行李。

"齋月就要到了，我恐怕無法忍受不吃不喝，加上想念家人，我決定回中國一趟。"我答。

按照伊斯蘭教的教義，齋月是偉大、喜慶、吉祥和尊貴的月份。在齋月裏，從日出至日落，除了患病者、旅行者、乳嬰、孕婦、哺乳婦、產婦、正在行經的婦女以及作戰的士兵外，所有的穆斯林都必須嚴格把齋，不吃不喝、不吸煙、不行房事，直到太陽下山為止。

那孩子又指向牆上掛著的月曆。

"放心，齋月一結束我就回來。"

Kawthar點點頭，露出久違的笑容，我這才發現她的門牙掉了兩顆。

第四十五章/養女防老

有錢果然可以任性。

到了機場我才買機票，價錢翻了三倍不止。放心，我没忘了我的長耳朵柯基，只是狗上飛機比較麻煩，不能說走就走，還好保姆答應幫我。

"謝謝！"我說。

"不用客氣。對了，請帶好隨身物品，別落下東西才好。"

依據我的猜測，保姆應該是潮汕一帶的泰國華裔。

"知道了。"我答。

由於小月姨在國內的房產都已經出租出去，我的計劃是在上海住上一段時間，等有房子空出來時再搬進去住，壓根兒就没想過回老家。

然而人算不如天算，眼看就要搬進湯臣一品時，我在路上遇到了兒時玩伴。

"妳……妳是蘇青青？"一個體重過兩百的年輕女子叫住我。

「妳是……」

「我是鴨頭，妳忘了？」

鴨頭？我上下打量她，老天！她怎麼像吹了氣的皮球似的？現在不能叫鴨頭了，叫豬頭還差不多。

「没忘没忘，妳來上海玩？」

「不是，」她睨了我一眼，「我嫁到上海來，老公對我很好，家務都是他做。」

「恭喜恭喜，那麼改天找機會喝個咖啡。」

「幹嘛改天？喏！那裏有家星巴克，我們這就過去！」

在喝一杯咖啡的時間裏，我知道了每個髮小的近況，有人成了日進斗金的大老闆，但更多的是成為社會的小螺絲釘。

「妳呢？妳什麼情況？」她問。

「我？妳也知道大學畢業後我從事喪葬業，後來幫人打理房地產，再後來移居迪拜。兩個月前我才回國，發現國內不一樣了，到處蓬勃發展。」

「這麼說妳没回家？」

這個家指的是那個三線小城市。

「……嗯！」

「所以妳不知道妳妹交了個黑人男友，把妳爸氣得入院的事？」

「我……我……知道。」

「知道就好，如果我也找了個黑的，我父母肯定也會氣得腦出血……」

接下來的談話我已經心不在焉，有一搭没一搭地應付著。

「好了，我得接孩子去了。」她起身。

“妳有孩子了？”

“嗯！上小一了，皮得很！”

兒時玩伴都當媽了，我的感情之路卻還坎坷曲折，真是不勝
唏噓！

“拜了，”我揮手，“替我向妳的完美老公問好。”

我磨磨蹭蹭，最後還是帶著狗走上歸鄉之路。

父親住的是普通病房，我進去的時候，他没認出我來。

“爸！”我喊。

他盯著我好一會兒，才問：“妳媽呢？”

“不知道，我去找。”

“不用了，”他指著一把破舊的椅子，“坐。”

我坐了下來。

“是暖暖要妳來的？”

“……嗯！”

“告訴她，如果還和老黑在一起，我就登報與她脫離關係。”

這一招他也曾用在我身上，可是當火燒屁股時，找的人還是
我。

“如果不當真就別說氣話了，何況黑人也不全是壞的，奧巴
馬不也當上美國總統？”

“如果她的男友是美國總統，我也認了，問題他不是。”

我接著問暖暖的男友究竟是何方神聖？

“他只是個大學生，還得半工半讀。”我媽不知從哪裏冒出來
，很自然地接下棒子。

我說這事還沒個準，他們就緊張ㄅ兮。首先，暖暖只是交男友，又不是嫁給他；其次，巴菲特的兒子讀大學時也是半工半讀，這在美國挺正常的。

"巴菲特是誰？"我爸問。

"他……他是個很有錢的人。"

"有錢另當一回事。"我爸想了想，"妳現在就打給她，問她的男朋友是不是有個有錢老爸。"

我答現在是美國的凌晨，暖暖估計還在睡大覺。

"那麼妳待會兒打，別忘了。"

話甫歇，有個護士過來說要給父親做腦脊液和血常規檢查，然後把床連同病人一起給推出去。

"這一檢查，起碼得個把鐘頭。"我媽說。

"那麼我們出去走走？"

"也好。"

母親說房子沒了，他們現在租房住，當外面下大雨時，屋內會下小雨。

"怎麼沒了？欠款我不是幫著付清了嗎？"我問。

"妳爸後來開車撞了人，這一賠得賠幾十萬，我們哪有？只能把房賣了。"

"現在錢夠花嗎？"

"只差上街乞討。"

我知道母親正等我表態，但說再多也不如人民幣來得實際。

"待會兒我先匯兩萬過來，另外再找個下雨天不漏雨的房給妳……和爸。"

“哎！”母親不無感慨，“養兒不如養女，還是女兒中用！”

第四十六章/走為上策

我問暖暖現在什麼情況？她答再差一年就能畢業。

"誰問妳這個？我問的是那個人對妳可好？"

"還行，不然早分了。"

"妳就不能找個白人？如果是白的，爸媽大概也不會反對。"

"妳怎麼不找個男的？這是同樣的道理。"

她說的對，我頓時啞口無言。

"錢夠用嗎？"我另起爐灶。

"夠。我在學校圖書館打工，他在送外賣，我們住在Harlem區。去年哥倫比亞大學的一個中國留學生就在這裏被搶，追歹徒的時候給車撞了。"

我吞了好幾口口水，忽然想起父親的囑咐，問她的男友是不是咬著金湯匙出生？

"妳也幫幫忙，我自己都沒金湯匙可咬，還有資格要求別人？"

雖然現實很殘酷，但我以為會有童話。

「那好吧！就這樣，妳好好照顧自己，家裏的事不用妳操心。」

「姐，」她停頓了一下，「對不起，以前曾對妳說了過份的話。」

「算了，都是一家人，哪有什麼隔夜仇？妳若需要幫忙，開口就是。」

我以為暖暖會藉機求助，但她沒有，好樣的！

掛上電話，我對長耳朵柯基說：「待會兒我去看房，如果合適就買下，你說好不好？」

「汪汪！」它搖著尾巴吠了兩聲。

父親兩週後出院，當看到新房子時，流下感動的淚水。

「還是女兒好，我現在不求兒子了。」

我心想這未免也太晚了？我都成這個樣，一點兒女人味也沒有。

「你們住樓下，我住樓上，沒事別互相打擾哈！」我挑明了說。

母親很不放心地問屋子裏的那個女人是幹嘛的？

「幫忙做家務的，」我壓低聲音，「還特意挑了個不美的。」

「哎！妳父親一時半會兒也力不從心，不過防著點兒還是好的。」

就這樣，我們蘇家又過上了歲月靜好的日子。

實話告訴你，每當夜深人靜時，我還是會想起我的小河公主（或者你可以稱她Nahr）。 我想念她的眼，想念她的眉，想念她的一顰一笑，也想念她身上獨特的味道……

雖然我對她深情依舊，但我不能害了人家，不是嗎？

這一天，我照例打開電子郵箱，看到有個陌生人給我發來郵件。通常的情況下，我會直接刪除，但今日不一樣，當看到05122019@qq.com時，我驚呆了。

我之所以受驚嚇是因為05122019這組數字，不久前，Kawthar也寫下相同的數字。

考慮再三，我還是打開郵件。

蘇同學：

我對妳感到無比失望，馬上回來。

"蘇同學"這三個字好像孫悟空頭上的緊箍兒，它讓我頭痛欲裂，也讓我百思不解。05122019是Kawthar寫下的，但她不可能叫我"蘇同學"，而會叫我蘇同學的，不會正巧以那組號碼當電郵地址，不是嗎？

"嘟……嘟嘟……"手機鈴聲響起。

我查看一下屏幕顯示，當看到+971……時，我愣住了，這不是迪拜的國際電話區號嗎？

"……喂！"

"蘇同學，現在趕緊回Maktoum家。"一個蒼老的聲音傳來。

"你到底是誰？如果不說，我不回去。"

"You are a bird brain."

"喂……喂喂……"

電話掛斷了，我陷入沈思。

再度被罵鳥腦（笨蛋），我的迷惑勝過憤怒。這個老人連罵人的話也跟Kawthar同出一轍，他們兩人到底是什麼關係？

一整天我茶飯不思，陷入空前的不安之中，但即使絞盡腦汁也找不到其中的關聯性。當夜晚來臨，我躺在床上輾轉反側，果不其然，我失眠了。

母親知道我今天下午走，很是詫異，因為之前一點兒徵兆也沒有。

“是不是我們老倆口讓妳看了心煩？”她問。

“没有的事，我忽然想起迪拜有重要的事待辦，妳別胡思亂想。”

“狗怎麼辦？”

對呀！狗怎麼辦？

我想了想，還是讓長耳朵柯基留下吧！省得來回奔波。如果他們照顧不了，大不了我再找人上門服務。

母親緊接著問我什麼時候回來？我答不知道。

“這可怎麼辦？”她緊鎖眉頭，“能不能晚點兒走？”

“為什麼？”

“因為……因為有個很好的男孩子想認識妳，他……他像女孩子一樣溫柔。”

我的老天！這是亂點鴛鴦譜。

“請轉告他，大街上任何一位小姑娘都比我強，他閉著眼睛挑就行，拜了。”

“妳上哪兒？”

“突然覺得還是先走為妙，依據過往經驗，我再不走就走不了了。”我答。

第四十七章/空中餐廳

你若問我這會兒怎麼又不怕被私刑了？其實我也怕，而且怕得不得了，因為這不光是我一個人的事，Nahr也會被拖下水，但那些可怕的騷擾同樣困擾著我，我若不回去把事情給解決了（同時送 Nahr走上黃泉路），這輩子心中永遠有個解不開的結。

兩害相權，我只能選擇比較輕的那一個。

回到Maktoum家，Nahr一臉怨恨，像被背叛了似。

"我......我忽然想起有重要的事待辦，所以回家一趟，妳別胡思亂想。"

"狗呢？"

"它......它想念中國，我怕它得抑鬱症，所以留它在那裏。"

Nahr立即將我撲倒，說："我知道妳在說謊，但我會原諒妳。"

再次聞到她的體香，撩起了我那壓抑已久的慾望，我反身將她壓在底下，用行動表達我的思念。

～

保姆看到我像看到老賴，恨不得把我殺了餵狗吃，倒是Kawthar很泰然，像修行多年的老僧。

“Hi，我又回來了。”我對她倆說。

那個泰國女子帶著怒氣轉身離開，一句話也無。

Kawthar拉拉我的衣袖。

“幹嘛？”我問。

她也什麼話都沒說，轉身離開。

這真是一件非常奇怪的事，雖然那兩人有同樣的反應，但前者擺明了“少惹我”，後者卻是“跟我來”。

於是我跟著Kawthar來到遊戲室。

“什麼時候這裏裝了一台電視機？打遊戲用的嗎？”我問。

她隨即拿起遙控器，按了幾下後，電視屏幕出現了畫面，還是CCTV頻道。

莫非這就是她學習中文的方式（看電視學中文）？

然而接下來我便冷汗直流，因為電視播放的正是小河公主開棺的瞬間，我心中的疑問加深了。

“妳為什麼讓我看這個？”我問。

她做了個噤聲的動作。

我重新回到節目上，過了十幾分鐘後，我看到一個熟悉的人對著鏡頭侃侃而談。他的頭髮沒那麼白，皺紋也沒那麼多，身材稍微胖了點兒，但我依然認出他來。

“Kawthar，妳認識老教授？”我又問。

218

她點點頭。

“妳怎麼會認識他？他死了三年了，”我想了想，“難道妳四、五歲時就見過他？”

她點點頭又搖搖頭。

“這是什麼意思？到底是還是不是？”

Kawthar又是一副“一問三不知”的表情。

“今天就到此為止吧！”我拍拍她的肩膀，“妳的表現……差強人意。”

她露出一絲詭異的笑容。

Nahr說想出去喝下午茶，我問她想上The Cheesecake Factory還是Paul Bakery?

她指著青天說：“我想到天上喝？”

到天上喝？這是什麼玩意兒？

經過Nahr的解釋，我才知道她指的是Dinner in the Sky（簡稱“空中餐廳”）。

這個概念最早源自比利時，現在已被引進迪拜，模式是用一架大型起重機將一個特製的餐廳拉至約五十米的高度，讓客人在四周完全沒有任何遮擋的情況下用餐。

“這個對恐高的人來說恐怕不合適。”我說。

“妳恐高嗎？”她問。

我的綽號是“蘇大膽”，連老師都敢打的人怎麼可能會為了這點兒小事害怕？

“當然不。”

“那麼我們去？”

"好。"

～

"空中餐廳"顯然是個絕佳的用餐體驗，在"上天"之前，工作人員會給我們講解一些注意事項和安全知識，接著把一個個食客綁在椅子上，那種感覺好像坐雲霄飛車之前的 準備。等一切就緒後，餐廳開始慢慢上天，視野逐漸開闊起來，風和溫度也有了變化，值得一提的是整個過程非常平穩，完全不會左搖右晃，安全係數很高。

當餐廳懸停在約50米的高度後，我能看到開闊的迪拜港灣、白色遊艇、摩天大樓……也能清晰地看到無數傘人在空中滑翔的樣子，確實是一種不可多得的體驗。

話說我們是來喝下午茶的，那麼餐點如何？實話說，雖然吃的無非是三明治和糕點，但我有被驚艷到（尤其原本並没有期待它會很可口）。

整個就餐過程大概持續50分鐘左右，當空中餐廳開始緩緩降下，代表這絕妙的體驗即將結束，留下的則是難以磨滅的記憶。

第四十八章/軟禁

神仙般的日子才過了沒幾天，保姆就告訴我男主人找我講話，我才驀然驚醒，該不會東窗事發了吧？

這個迪拜男人約我在酒店房間見面，不明就裏的人可能會想入非非，但我不一樣，在我看來就是男人與男人間的對話。

" Do you want coffee or tea?" 他問。

我不想喝茶，但傳統的阿拉伯咖啡喝起來很苦澀，尤其還加入奇怪的香料，我挺不喜歡的，但此刻的我又極需提神的飲料。

" May I have a cappuccino?" 我問。

卡布奇諾咖啡端上來後，我一口氣喝光，男主人問我要不要再來一杯？我答不需要。

彼此沈默一會兒後，他告訴我，他深愛Nahr，給了她力所能及的，譬如前幾年他們到巴黎遊玩，Nahr看上了一組傢俱，他二話不說便把整個賣場的所有傢俱全買下……

現在我知道為什麼Maktoum家的傢俱每隔一段時間會換新，該不會有個大倉庫儲藏這批傢俱吧？

我告訴他，老公愛老婆乃天經地義之事，針對這點，我不曾懷疑。

"The problem is she loves you now，not me." 他說。

我的心喀噔了一下，問他如何知道？

"I've a spy watching you and Nahr." 他答。

果然我和Nahr早被線人監視著。

我又問他何時知道此事？他答從我和他太太去看羚羊開始，他便察覺有事不對勁。

哇！這個老外還真能忍。

"Well，do you want to kill me?"

他答殺了我倒不至於，但把我軟禁起來卻是可行的。他給我兩個選擇，一是被軟禁在此，二是拿錢走人，從此不再出現。

正常人會選擇後一項，但我卻選擇前一項，同時附帶要求軟禁前讓我和Nahr見上一面⋯⋯

他聽完哈哈大笑，問我是否瘋了？還威脅我公羊頭不好惹，別自找麻煩。

公羊頭？

我想起Kawthar曾畫了一個奇怪的符號，倒掛的五芒星中間有個公羊頭。Nahr後來解釋那是她丈夫身上的紋身圖案。當時我還問她這個符號代表什麼意思？得到的答案是五芒星代表大地女神，公羊頭則有生生不息的意味（可是男主人提起的公羊頭明明不像善類）。

既然男主人否定了我的方案，我只能退而求其次，選擇拿錢走人。

"Good. My bodyguard will escort you to the plane."

說完，他叫來一位壯漢。

我表明沒見到錢，自己是不會離開的。

他馬上要來我的銀行賬號，不到十分鐘的時間，我收到兩百萬美元的匯款。

情急之下，我只好藉口有重要的東西遺留在Maktoum家，需要親自回去拿……

男主人和壯漢耳語一番後，由壯漢護送我回去拿東西。

我以為會看到Nahr，可惜迎來的是一屋子的冷清。

"她去哪裏了？也許我還來得及打電話通知她。"我心想，然後毫不猶豫地把壯漢關在房外。

幾聲鈴聲後，我聽到天使的聲音。

"妳在哪裏？"我問。

"在迪拜商場裏，香奈兒的導購通知我今天有新貨到。"

"聽著，我得離開迪拜一陣子，妳如果想我，請到三亞海棠灣的別墅找我，待會兒我發地址給妳。"

三亞海棠灣的別墅我很熟悉，自己曾和小月姨在那裏共度假期，此時處於非常時期，我選擇到那裏待上一段時間。

"為什麼這麼突然？"她問。

"因為……"

我聽到碰碰碰的敲門聲，好個沒禮貌的傢伙！

"以後再解釋，我掛了。"

掛上電話，我立馬發了地址過去，她回覆收到，於是我開始動手打包。衣服鞋包等不重要，最重要的是那個小布袋，我把它重新塞回襪子裏，連同其他雜物一起進了Goyard行李箱內。

等我走出來，看到的是一男一女，男的是等著押我上飛機的壯漢，女的則是保姆。

"謝謝妳的通風報信。"我對那名間諜說。

她昂首無愧地答："我做的事是正當的，並且多次助妳走向正途；妳做的卻是不道德的，也只有公羊頭才會做出那樣的事。"

再次聽到"公羊頭"三個字，我的神經馬上緊繃起來。

我問公羊頭代表什麼？她答公羊頭是五角神之一，代表邪惡。

竟然是邪惡？我還以為代表繁衍子嗣呢！

"那麼倒掛的五芒星又是什麼意思？"我不恥下問。

"五芒星是大地女神的象徵，把五芒星倒過來便是將人的精神向下，即入地獄。簡言之，那是惡魔的符號。"

老教授說有股神秘的力量（自帶符號）跟隨著小河公主輪迴，顯然Nahr的老公身上帶著惡魔的符號，莫非是他？

"好了，這下子我回中國去，妳也不用再當傳聲筒了。"我對保姆說。

第四十九章/牟文璽

我在電話中通知母親把長耳朵柯基空運到三亞來。

"別以為我不知道妳在搞什麼鬼。"她說。

"妳知道個啥？度假犯法了？"

母親嘀咕幾句後，要走了我的地址。

這次來三亞，住的別墅正是從前那一棟，既寬敞又舒適。我還雇了個阿姨打掃衛生和做飯，把日子過得像詩一樣美麗。

由於離海近，清晨即起的我，每天沿著海灘跑步去，直到汗流浹背才回屋洗澡。洗完澡，阿姨煮的白粥也剛好上桌，就著油條和小菜，那就個爽！

吃飽喝足後，我或是上街逛逛，或是待在家裏無所事事。說是無所事事，其實也不盡然，確切地說我在等人和等狗，人指的是Nahr，狗指的當然是長耳朵柯基。

這一天，我聽到禮貌的敲門聲（扣扣兩聲即止）。

"我來。"我說。

於是阿姨退下繼續包雲吞，那是我點名中午要吃的。

門開後，我看到一個好秀氣的大男孩，那雙眼睛很清亮。

人雖然不識，但他身旁的狗化成灰我都認得，尤其獲得"飛狗撲身"的待遇後，我更加確信這就是我等待多時的狗。

"現在的海關服務真周到，對了，我該付你多少錢？"

"不需要。"他停頓了一下，"蘇阿姨讓我帶狗過來，順便跟妳認識一下。"

蘇阿姨？說的可是我媽？

"你是……"

"敝姓牟，牟文璽。"

原來我還是沒躲過母親的相親安排（現在我知道她為什麼要走我的地址了）。

"我是蘇青青，"我讓開身來，"請進，外面熱。"

我請客人在客廳坐下，接著囑咐阿姨多準備一份午餐，自己則到冰箱取來冰啤和水。

把冰啤給了客人後，我打開後院的門，讓狗待在屋外陰涼處喝水。

回到客廳，我發現客人已經把啤酒喝光，可見外頭有多熱。

"你還要點兒什麼？"我問。

"不了，我很好，什麼都不需要。"

坐下後，我問他什麼來歷？

他噗嗤一笑，說我真直接。

"我還能更直接點兒，實話告訴你，我倆是不可能的，即使地球大爆炸也不可能，你還是另外找人吧！"

“妳是拉拉？”他問。

看來他也直來直往。

“是的。”我大無畏地承認。

“這麼說我們是最佳拍檔，真是天助神保佑！”

我問此話怎講？他答他已接近三十歲，有個交往多年的男友，感情一直很穩定，但父母希望他早日結婚（當然和女的結），一旦結婚就能過上正常的生活。為了達到這個目的，他被迫走在相親路上，已經筋疲力竭。本來他無意和一個神龍見首不見尾的女人相親，但一聽說對方是個假小子，這撩起他的興趣，所以即使明知“送狗一程”不過是個藉口，他也接下任務。

我趕緊糾正自己不是假小子，分明就是男的，呃……內心是個男的，懂吧？還有，我的存在不是為了滿足別人的好奇心。

“妳還不明白嗎？我們若成婚便各自身心自由了，妳可以找妳的人，我也可以，咱們互不干涉。”

呆了十幾秒後，我問他可是認真的？

“當然，如果妳不放心，我們可以聯名買個兩層樓別墅，各有出入口，這樣誰也不妨礙誰。”

我從來沒想過和另一個群體的人結婚，因為結婚對我而言不是必需品。

姓牟的說那麼就算幫他一把吧！好讓他向父母交差。

我想了想，這件事還得從長計議。

“到飯點了，”我起身，“你不妨嚐嚐我家阿姨做的雞湯雲吞，不輸大飯店水平。”

～

牟文璽就這麼住了下來，還好別墅夠大，暫時沒有任何不便
。

"他……怎麼樣？"我媽打電話過來。

"什麼怎麼樣？還不是兩個眼睛一個嘴巴。"

"誰跟妳談這個？我看他人挺不錯的，還是哈佛大學畢業生
，配妳算配得上。"

真不知母親哪來的底氣說這話，我雖沒看上人家，不代表我
的條件就比他好，哈佛大學的畢業生能挑的人多了去，未必
有我。

母親答話不能這麼說，緣分最重要，她一提議送狗到三亞，
那孩子二話不說就接下任務，可見對我情有獨鍾，何況我還
這麼有錢，這是加分項。

"我哪有錢？能溫飽就不錯了。"我馬上聲明。

當初打遺產官司，我曾千拜託萬囑咐，要律師一定不能將我
的個人信息公開，對外一律稱S女士。

"妳到現在還想瞞我？我到物業那裏問過，現在我和妳爸住
的公寓是妳全款買下，不是租的。還有，小月死後，財產全
歸S女士，雖然這個S女士從沒露臉過，但當初妳跟小月一起
到迪拜，她怎麼可能又另找了個S開頭的女人，天底下哪有
那麼湊巧的事，對吧？"

沒想到平常腦袋不怎麼靈光的人，此時卻分析得頭頭是道，
偏偏還全被她蒙對了。

"是又怎樣？那不代表我能被予取予求，妳別又賭上了。"

"早不賭了，我現在就想抱孫，妳趕緊給我生一個……"

"啊～"我大叫一聲。

我媽急問出了什麼事？

"有蟑螂，我打蟑螂去，拜了。"

掛上電話，我問牟文璽有什麼事？他已經站在走廊好一會兒
了。

"就想問妳看不看猴子？"他問。

"猴子？哪來的猴子？"

"聽說陵水有個猴島。"

我回答不想看猴子。

"那麼出海看海豚。"

"你是不是太無聊了？如果無聊可以出外走走，不一定非得
帶上我。"

"我想……如果妳能更了解我，也許會答應我的提議。相信我
，我不是壞人，真的。"

"你當然不是壞人，"我笑了，"這樣吧！我跟你一起去看猴
子。"

第五十章/猴島歸來

猴島位於海南省陵水縣南的南灣半島，三面環海，是我國也是世界上唯一的島嶼型獼猴自然保護區。上猴島的交通方式有兩種（纜車和渡船），牟文璽提議坐纜車，偏偏今天風大，纜車搖搖晃晃的，我感覺體內的五臟六腑都在翻騰。

"妳還好吧？"牟文璽問我。

"好，很好。"我答。

整個猴島公園並不大，看完猴技表演，再買些花生餵餵猴子，行程差不多可以結束了。

正當我打算打道回府時，一隻潑猴以迅雷不及掩耳的速度搶走我的墨鏡，它原本掛在我的牛仔褲口袋上。

我追了上去，它反而逃得更遠。

牟文璽要我稍安勿躁，他幫我拿回來就是。

只見他筆直地走向那名"小偷"，然後掏出一枚硬幣來。

猴子看到新玩物，立即丟下墨鏡。

"喏！"他把墨鏡遞還給我，"做事要講求戰術。"

“你以為我不知道？我不過是給你表現的機會。”

“那謝謝妳了。”

“不客氣。”

回程時，姓牟的說還是坐船吧！

正因為坐船，後來發生了不愉快的事，因為牟文璽不小心蹭到一位滿臉橫肉的大哥。

“喂！碰到我了。”那人粗裏粗氣地說。

“對不起。”

“對不起有用，要警察做什麼？你這個娘炮！”

我火了，立馬挺身而出。

“嘿！講誰娘炮？”我立在大哥面前。

“我講誰干妳屁事？妳這個不男不女的陰陽人！”

我二話不說，直接讓他吃拳頭。

“媽的，”他拭去鼻血，“來真的？看我不打死妳才怪！”

那人還未反擊就被工作人員攔下。

“聽著，下船後單挑。”大哥對我齜牙裂嘴。

“行，我奉陪到底。”

回到座位，牟文璽又要我稍安勿躁，他說事情沒那麼嚴重，不值得大打出手。

“人家都罵你娘炮了，還不嚴重？你到底有沒有心？”

話一說完我就後悔，但此事已不可逆轉。

“我當然有心，但和那樣的人較真完全沒必要。”

“這是我和他之間的事，你別管。”

下船後，我和那人很有默契地來到一塊空地上。

“說好了單挑。”大哥很不滿地說。

我轉頭一看，原來姓牟的跟在我身後，於是我趕他走。

幾分鐘後，我瘸著腿走出來。

“告訴過妳別打，這下好了，腿瘸了吧？！”牟文璽搖搖頭說。

“你該看看那人怎麼了。”我答。

趁他打電話叫救護車之際，我攔住一輛出租車。

“你上還是不上？”我對我的伙伴喊。

“人怎麼辦？”

“你不是已經叫救護車了？”

“可是……”

我一上車，牟文璽也跟著上。

車子開出去五分鐘，他才想起我的車還留在停車場。

“腿瘸了怎麼開？”我問。

“我會開呀！”

不早說？！

出租車司機一聽長途改成短途，立刻拉長了臉，於是我扔給他一百元。

回到我租來的車上，牟文璽說我給多了。

“你他媽的快給我閉嘴，今天我受夠了！”我喊。

他發動車子，全程一語不發。

～

“這是哪裏？”我問。

“醫院。”

“誰讓你開到這裏來？馬上開走！”

他對我的命令無動於衷，停好車後，留我一人在車上。沒多久，他推來一輛輪椅。

“我沒那麼脆弱。”我說。

“我知道妳很堅強，只是怕妳走路慢，影響了交通。”

為了當好公民，我坐上輪椅。

我的左腿被打上石膏，走路很不方便，但這不是最大的問題，三亞的天氣熱，動不動就大汗淋漓，偏偏我洗不了澡，全身發出惡臭。

“要不要我幫妳洗澡？”牟文璽問。

“不用，我噴香水就行。”

“我就是忍受不了妳的香水味才問。”

我想了想，要他打盆熱水給我，我拿毛巾擦身子就是。

“何必呢？我反正對妳沒反應。”

得，諒他也不敢造次。

這真是一次難得的體驗，很難想像一個男人會如此細心。就在他的溫柔以對下，我洗了五天以來的第一次澡，頓時神清氣爽。

“你該不會經常幫你的男友洗澡吧？”我打趣地說。

“沒，他洗他的，”他打量我的腳趾，“妳的指甲該剪了。”

然後生平第一次有個男人蹲下來為我剪指甲，簡直不要太享受。

“你會煮飯嗎？”我忍不住問。

“不瞞妳說，我的廚藝極好 。”

“會縫紉嗎？”

“會，我還會織毛衣。”

哎！如果我和他能靈魂互換該有多好，但人生就是這麼出其不意，讓人無言以對。

“剪好了，”他站起身來，“妳還需要什麼？”

“什麼都不需要，能陪我聊會兒天嗎？”

“可以，等我洗好手。”他答。

第五十一章/三十歲生日

牟文璽告訴我，他現在的男友不是他的初戀，他的初戀傷他很深，連分手的話都沒說，但他一點兒也不怪他，畢竟他的家族很顯赫，丟不起這個臉。

"現在他人呢？"

"聽說結婚了。"

我問他難過嗎？他答難過肯定有，但塞翁失馬焉知非福，他的第二個男友（也就是現在的男友）對他很好，還把他介紹給自己的家人和朋友，反倒他比較放不開，到現在家裏人還不知道他的性取向。

"我比你好一些，家裏人是知道我的性取向，但還是介紹個男的給我當相親對象，大概他們以為女女戀都只是玩玩而已。"我說。

"那麼談談妳的戀愛經歷吧！"

雖然打從中學起我就是個萬人迷，但真正戀愛的次數卻少得可憐，小月姨勉強算一個，另一個便是我的小河公主。

我向他簡單介紹一下我的女人，沒提她是有夫之婦，更沒提那些亂七八糟的前世今生。

"她現在在哪裏？"他問。

"迪拜，她是半個穆斯林，母親是芬蘭人。"

他"哇嗚"一聲，我問他什麼意思？

"我男友也是外國人，丹麥。"

"這麼巧？同是北歐。"

"誰說不是呢？"

也許因為彼此有類似的經歷和煩惱，這樣的談話無疑讓我們的心更靠近一些，所以兩天後當他向我道別時，我們互留聯繫方式。

我的腿拆完石膏的那天下午，母親打來電話，問："他 ……怎麼樣？"

"放心，吃得飽、睡得香，每天早晚還運動兩次。"

"他不是回家了嗎？"

"妳講誰呀？！"

"還會有誰？當然是牟家少爺。"

切，我說母親怎麼突然問起長耳朵柯基？她一向對它不冷不熱。

"牟家少爺好不好問我幹嘛？我跟他又不熟。"

"都已經同居兩個星期了，還不熟？對了，牟家說牟文璽對妳的印像很好，不介意進一步發展，妳得打鐵趁熱，好不容易有個男的對妳感興趣，過了這個村可沒這個店……"

我一時迷糊了，什麼時候我成了陳年舊貨，非得清倉大甩賣不可？

"那正好，妳替我回了他，他可以是朋友，但絕對不是可以談婚論嫁的對象。"

"為什麼？妳也26了，我26的時候，妳都會走路了。"

"妳若想抱孫，就別指望我了，還是把希望寄託在暖暖身上吧！掛了，我打蟑螂去。"

一掛上手機，我聽到禮貌的敲門聲（扣扣兩聲即止）。

"我來。"我說。

於是阿姨退下繼續抹窗戶玻璃。

門一開，我看到朝思暮想的人。

"Surprise！"她喊。

的確是個大驚喜，我給了她一個擁抱，然後抱她進屋。

"妳老公到別的老婆那裏去了？"我問，同時親吻她的肩胛骨。

"嗯！他說下次見面時會為我舉辦一個盛大的生日派對，畢竟三十歲是大生日。"

"三十歲生日？"我親吻她的下巴，"什麼時候？"

"五月十二日。"

原來2019年12月5日是她的三十歲生日，等等，2019，12，5……05，12，2019，05122019……

我頓時五雷轟頂，這不是Kawthar寫下的數字嗎？她想告訴我什麼？絕不是她母親的三十歲生日日期，她肯定知道這個日子的不平凡意義，因為那是Nahr"正常"死亡的忌日。

“妳怎麼了？”Nahr問。

我答没什麼，然後從床上坐起。

她抱住我，說：“我們這麼久不見，妳就不想我？”

“想，當然想。”

“那……妳怎麼還不行動？”

我笑了，真是的，竟然忘記重要的事。

“妳想要我怎麼蹂躪妳？”我問。

“討厭！”

第五十二章/求婚

月光下，Nahr的臉龐像被上帝親吻過。如果新疆考古研究所內的小河公主是美麗的，那麼眼前人無疑被注入了血和肉，讓"人形娃娃"從此有了生命，而我卻要阻止她復活，讓她再度成為傳奇……

實話告訴你，當得知12月5日是Nahr的三十歲生日（不出意外的話，她將在這日死去），我感到無比心痛，沒想到相聚的時間如此短暫，沒有了她，我連呼吸都困難。

"妳怎麼還沒睡？"我的公主睜開惺忪的雙眼問。

"看妳啊！"

"我有什麼好看的？"她鑽進我懷裏，"妳真傻！"

我是傻啊！連自己心愛的女人都保護不了。

"睡吧！我唱歌給妳聽。"說完，我輕輕哼起新疆維吾爾族的民歌《達坂城的姑娘》。

· · · ·

239

達坂城的石路硬又平啊！

西瓜大又甜呀！

那裏的姑娘辮子長啊！

兩個眼睛真漂亮。

妳要是嫁人，

不要嫁給別人，

一定要嫁給我。

帶著百萬錢財，

領著你的妹妹，

跟著那馬車來⋯⋯

在歌聲中，我的小河公主很快又入睡，只留下無限惆悵的我
。

～

"早！"Nahr赤足走進廚房，"妳在幹嘛？"

"為妳做早餐。"

我的廚藝很一般，但為了心愛的女人，我拼了。

"看起來很好吃的樣子。"她說。

"一定得好吃才行，我已經忙了近半個小時。"

我做的omelet並沒有什麼過人之處，但準備食材花了我好一
番工夫，主要是第一次做，沒經驗。

"讓我看看妳的美式雞蛋捲裏有什麼？"她細看我的傑作，"
有火腿、洋蔥、胡蘿蔔、玉米、青豆。"

我補上一句：" 還有芝士及香菇，妳快吃，涼了不好吃。"

她咬下一口後，比了個Thumbs up。

其實我也覺得挺好的，尤其這是我的處女作。

"今天有什麼活動？"Nahr邊吃邊問。

我在網上搜索到一張兩元人民幣紙鈔圖片，指給她看，說：" 喏！待會兒去這裏，天涯海角遊覽區。"

兩元人民幣紙鈔的背面圖案是三亞有名的景點—天涯海角，它位於三亞市區西南，這裏海水澄碧，椰林婆娑，沙灘上有大大小小的石塊聳立，其中"天涯"、"海角"和"海天一柱"等巨石最為有名。

"為什麼要去那裏？"她問。

"所謂'天涯海角'指的是極其偏遠的地方，它也成了古時犯錯官員的流放之處，妳難道不好奇？"

"好奇什麼？"

"好奇......好奇來到古人認為的天地盡頭。"

Nahr呵呵呵地笑，她說本來不好奇，聽我這麼一答，突然好奇起來。

"那好，我們待會兒就出發。"我說。

"怎麼那麼多人在拍婚紗照？"Nahr問。

天涯海角遊覽區不大，但它依山傍海，椰林、波濤、漁帆、燕鷗......形成了南國特有的椰風海韻，每個角度都很適合拍照，分分鐘成了攝影大片。

"也許新人們想抓住最美好的一刻。"我答。

"那麼我們也來拍，好不好？"

有錢的好處就是可以任性。

我抓住其中一位攝影師，表達想拍婚紗照，價格不計。他立馬打回公司，不到一個小時，一輛商務車開過來，我們進到裏面化妝和換衣。我的著裝相對簡單，新娘子就不一樣了，花費的時間是我的三倍有餘。

等她從車內走出來，我看直了眼。

"好看嗎？"她原地轉了個圈。

"好看。"

然後天涯石前有我們，海角石前有我們，海天一柱前有我們，知魚湖前有我們，純白帶落地玻璃的婚禮殿堂前有我們……

"好，很好，新郎多笑點兒。"攝影師喊。

天氣很熱，不過這不是我笑不出來的原因，而是離別依依，我的內心很苦澀。

拍好照，攝影師邊收拾東西邊感歎很少看到這麼漂亮的新娘，像從畫裏走出來一樣，還問我拍照目的。

"你說拍婚紗照的目的是什麼？"我反問。

"噢！對不起，我以為妳們拍著玩。"

"不，她就是我的新娘，我這輩子唯一的新娘。"

"也是，她的無名指上戴著鴿子蛋，妳一定很愛她。"

攝影師的話讓我心頭一緊，對呀！我還没買婚戒，那枚鴿子蛋是她老公送的。

來不及換下一身禮服，我直奔商場珠寶店，等我趕回來，Nahr已卸好妝，穿回自己的衣服。

"妳去哪裏了？我找不到妳。"她滿臉不悅。

"對不起，我……我……" 我停頓了一下，然後拿出婚戒，單膝跪地，"Nahr，嫁給我吧！"

我的小河公主感動得熱淚盈眶。

"Yes. Yes. I do." 她拉我起身，"Oh my God，妳真讓我驚喜。"

多年以後，這個畫面一直在我的腦海中揮之不去，尤其浪漫的場景背後正蘊釀著一場風暴。

第五十三章/不明所以

Nahr有嬌俏的下巴、好看的肩胛骨以及兩個飽滿的乳房，腰很細，腿長，腳趾修剪得整整齊齊……

我一路吻下來，像吻美神維納斯。

一番水乳交融後，我躺在她的胸口上喘氣，她一遍又一遍地撫摸我的髮。

“要不要喝水？”她問。

“嗯！”

她隨即起身拿水給我，我咕嚕咕嚕地喝完，然後躺回床上去。

“這房是妳買的？”Nahr在房內一邊當偵察兵一邊問。

“不是，租的。”

“怎麼發現這麼個好地方？”

這裏是小月姨帶我來的，但我不想讓Nahr知道。

“朋友介紹的。”我答。

“妳的衣服都是純色的。”

此時的她已經走入衣帽間。

“嗯！我喜歡簡簡單單。”

“襪子也是。”

“風格得一致嘛！”

接著我聽到窸窸窣窣的聲音，大概她正在翻看我的衣褲。

没多久，我聽到“碰”的一聲。

等我反應過來，那是好幾秒以後的事。

“Nahr，妳怎麼了？”我拍打她臉頰，“妳不要緊吧？！別嚇我。”

就在我打算做心肺復甦術時，我的公主醒過來了。

“我……我怎麼了？”她喃喃道。

我告訴她，她暈倒了。

“是嗎？……我想起來了，上回暈倒也是因為布袋裏的東西，這實在太奇怪了，東西呢？”

“別找了，妳需要休息。”

“可是……”

我立馬抱起她，讓她躺回床上去。

等Nahr被我哄睡後，我起身到衣帽間找那個寶貝。

“原來在這裏，”我從角落拾起，“還好找到了。”

望著手中宛如凝脂的玉勒子，時間一下子回到過去。當年老教授把這塊玉交給我，同時耳提面命：“記住了，真正的小河公主看到這個東西會有暈眩感。”

事實證明，Nahr真的是小河公主，而且應驗了兩次。

"我該把這玩意兒藏哪裏好？"我琢磨著。

由於一時找不到合適的窩藏之處，我把玉勒子塞進自己腰帶的夾層裏。

當我和Nahr在客廳裏打遊戲時，聽到禮貌的敲門聲，扣扣兩聲即止。

"我來。"Nahr起身去應門。

幾分鐘過去了，Nahr依舊未歸。

於是我放下手中的遊戲機，走過去一探究竟。大門敞開著，可是Nahr卻失去踪影。

"Nahr～"我邊喊邊往外走。

冷不防，一個布罩從天而降，我眼前一黑，人也昏了過去。

我用力睜開眼睛，看到一個報紙大小的窗口緊貼著天花板，微弱的光線便是從那裏宣洩進來。

"這是哪裏？"我左顧右盼，"怎麼像個穀倉似的？"

"妳在離迪拜一個多小時遠的地方，"保姆停頓了一下，"Mr. Maktoum待妳還是不錯的，怕妳熱，安了個空調。"

迪拜？怎麼一會兒工夫我就從三亞回到迪拜？

保姆回答我已經昏迷超過24個小時了。

"為什麼把我關在這裏？Nahr呢？"

"她是安全的，妳也別洩氣，很快就能重獲自由。"

"很快是什麼時候？"

“我也不清楚，至少12月5日之前是不可能的。”

我問她為什麼如此篤定？她答Mr. Maktoum交待她照顧我直到那一天為止，所以……

不，絕對不可以，12月5日是Nahr和神秘力量的斷魂日，如果我無法在那之前親手送Nahr歸天，她又會再一次跌入輪迴之中。

“妳行行好，放我一馬，我……我給妳錢，很多很多的錢，多到妳這輩子都不需要再工作。”我以利誘之。

“即使我想放妳一馬，外面的三個彪形大漢也未必願意。”

硬碰不行，我決定採取別的戰術。

“妳來照顧我，誰來照顧Kawthar？”我問。

“我推薦了一位老鄉。”

“那我放心了，只是如此一來太辛苦妳了，每天都得在烈日下來回數趟。”

她冷笑一聲，讓人不明所以。

第五十四章/求生慾望

現在我終於知道保姆為什麼冷笑了，顯然我倆對"照顧"的理解不同。

"今天的雞成了殭屍雞，"我用叉子戳了戳，"硬得像石頭。"

保姆呵呵呵地笑，她說從現在起我要習慣吃殭屍肉，因為她給我的就是隔夜飯，而且一天只送一次。

"我懷疑妳嚴重瀆職。"我冷冷地說。

"無所謂，反正老闆有更重要的事要辦，顧不上我。"

我問有什麼重要的事？她答當然是安撫好自己的妻子囉！現在Nahr的情緒很不穩定，尤其馬上就要開生日派對，千萬不能出差錯。

"Kawthar呢？"我想起這個怪小孩。

"她不太開心，今天還躲進我的車子裏，還好被我及時發現，否則就闖大禍了。"

"妳呢？妳開心嗎？"

“我？”她聳聳肩，“日子該怎麼過就怎麼過，談不上開不開心。”

我計劃從這個“不怎麼開心”的保姆身上著手。

“妳喜歡喝酒嗎？”我問。

“喜歡，但穆斯林不能喝酒，來到迪拜後，我被迫戒酒了。”

是這樣的，在迪拜買酒得出示許可證，一般人沒辦法買到酒，不過最近放寬了限制，只要出示護照並簽署一份自己不是穆斯林的聲明，即可獲得購酒許可證，但酒後駕車和在公共場所飲酒依然是違法的。

保姆聽聞，眼睛亮了。

“要不妳現在就去買，我付費。”我掏出銀行卡交給她，“密碼是556677。”

“妳就不怕我把卡裏的錢全取出來？”

“不怕，想取多少隨意，只要妳開心就好。”

錢真是個好東西，保姆立馬減少對我的敵意。

“我現在就去買。”她起身，臉上堆滿笑容。

我交待她也買幾瓶冷飲給外面看守的人，畢竟我在屋內吹冷氣，他們可不，屋外的熱浪能將人逼瘋，夠辛苦的了。

“妳該不會以為他們會為了幾瓶飲料放妳走吧？！”

“當然不，如果放走我，Mr. Maktoum絕不會讓他們好過。”

“算妳聰明！”

兩個鐘頭後，保姆提著伏特加走進來

“哇！一上來就喝這麼烈，明天頭要疼了。”我說。

“管他的，喝了再說！”

一開喝，保姆的老酒鬼本色立現。

“別光喝酒，吃點兒下酒菜。”說完，我把醃三文魚、糖皮花生及橄欖火腿往她的方向挪。

她也不客氣，不僅胃口大開還越喝越High，興起時邊唱歌邊大跳熱舞。

“來，”她向我招手，“一起跳。”

我對跳舞不感興趣，但為了套近乎，我像個傻子似地陪跳。

她似乎從我的“同手同腳”中得到無窮的樂趣，笑得前仰後合。

“說了我不會跳。”我回到座位上。

“不要緊，”她又來拉我，“高興就好。”

我們就這麼鬧到午夜，然後她自然而然地躺在我的床上呼呼大睡。

一張單人床睡上兩個成人，其侷促可見一斑。

我在狹窄的空間裏縮成一尾小蝦米，然後望著黯淡的月光感慨：“Nahr呀！妳可像我想念妳一樣地想念著我？”

我的慷慨和配合加了不少印象分，現在我不需要再吃殭屍肉，保姆也從“一天只出現一次”改成“經常”來看我。

“妳就沒別的事好忙嗎？”我問。

“有啊！妳就是我的工作項目，侍候妳就是我的工作。”

呃！幾天前她可不是這種態度。

趁她今日心情大好，我錦上添花，讚美她皮膚佳，身上的衣服漂亮，中文還說得賊溜……

“現在我知道Nahr為什麼會迷失了，因為妳嘴甜。”

保姆用“迷失”二字形容這段感情，讓我如鯁在喉。

“不是迷失，我愛她，她也愛我，如此而已。”

“妳有沒有想過她丈夫？那個男人很愛Nahr，即便她出軌了，他還是選擇原諒，還好Nahr最後回歸家庭，没有讓事情進一步惡化下去。”

“妳說什麼？”我抓住保姆，“這是不可能的事。”

她推開我，同時規勸我不要撿了芝麻丟了西瓜。

對我而言，Nahr就是天和地，絕不是一顆小芝麻可以比擬。

因為這番不愉快的談話，我突然有了主意，問保姆敢不敢和我賭？

“賭什麼？”她問。

“賭Nahr愛誰，如果她愛我，我贏，從此妳不再質疑我和她之間的感情；如果相反，妳贏，妳可以拿著我的卡瘋狂購物一整天。”

這是一個怎麼樣都不虧的賭注（針對保姆而言），我相信她不會錯失良機。

“可以，我賭了，可是怎樣才能驗證結果呢？”她問。

我答我曾送Nahr一枚戒指，如果她退還給我，表示我輸了。

保姆面有難色。

“有問題嗎？”我問。

“有，如此一來豈不是透露我知道妳的行踪？”

原來保姆不笨，這壞了我的計劃。

“要不妳把她帶過來，讓我們見上一面就能揭曉答案。”

保姆露出久違的冷笑，說：“妳還是露出狐狸尾巴來，我以為妳會藏得更久一些。”

我來不及解釋，她已揚長而去。

第五十五章/變心

保姆又讓我吃殭屍肉，同時從"經常"來看我改成"一天只出現一次"。雖然我並不期待看到她，但我的確期待吃到熱騰騰的飯菜，無奈這個願望目前看來是無法實現了。

我的麻煩還不止此，當初被抓來，身上就只有T恤加五分褲，保姆後來雖然送來了幾件土到掉渣的衣服，但她沒考慮（或者故意忽略）現在是冬季，夜晚得加件薄外套才行。

"蘇同學，今晚有點兒冷，記得多加件衣服。"

聽到"蘇同學"三個字，我像被功夫高手給點了穴道。

"誰？"我喊。

無人回應。

我不禁懷疑自己得了幻聽，也許這就是被囚禁起來的後遺症。

"蘇同學，我等妳等得夠久了，妳就不能自覺點嗎？"

這次我聽出聲音來自屋外，而且就在窗口下。

"你到底是誰？別裝神弄鬼的好嗎？"我站在窗口下間。

“妳分辨不出我的聲音嗎？”

我細品著，那聲音的確很像一位已故的人。

“你……你是老教授？”

“沒錯，好耳力。”

天哪！人死後還會復生嗎？

“你死沒死？”

“死了，擔心妳無法完成任務又活過來，沒想到妳真讓人失望。”

當聽到這個，我的第一個想法便是有人惡作劇，也許我身處的環境就有個隱藏式攝影機或收音器什麼的，但再仔細一想，知道我是“蘇同學”的人不多，這分明不是閒雜人等能惡搞出來的。

“你還是現身吧！我不習慣對著空氣說話。”

“我怕妳見到我會害怕。”

“你不現身我才害怕。”

“那……好吧！”

沒多久，我聽到鑰匙插入門孔的聲音，接著門開了。

“Kawthar，妳怎麼在這裏？妳一個人來的？”我望向屋外，那裏一片漆黑，風吹過的聲音像鬼哭狼嚎。

她依舊不說話。

我把門關上，帶她進屋坐下。

“喝水嗎？”我問。

她搖搖頭。

我忽然想起老教授，他人呢？於是我又向房門走去。

“別找了，我就是老教授。”

我慢慢轉過身去，問：" Kawthar，剛剛是妳在說話嗎？"

她點點頭。

" 妳是……老教授？"

她再度點點頭。

" 媽的……Oh shit……Shit. Shit. Shit……" 我瘋狂抓頭。

" 請冷靜一下。"

這叫我如何冷靜？一個八歲小女孩一開口便是低沈的男性嗓音，這擱誰身上都不能接受。

" 這是怎麼回事？你倒是快說呀！" 我急得跳腳。

原來當年老教授將任務交給我後又不放心，決定助我一臂之力，於是提前結束陽壽進入輪迴，沒料到最後佔用了一個小女孩的軀體，由於害怕邪惡的力量發現異樣，他只能選擇當個啞巴……

" 等等，你佔用Kawthar的軀體，那麼真正的Kawthar哪裏去了？" 我問。

" 她應該還在某個地方等著，我一天沒離開，她也回不來。"

" 那你快離開呀！"

" 我也想，但妳不完成任務，我如何離開？哎！算我高估妳了，給妳近四年的時間，妳就負責風花雪月，把要緊事擺一邊。"

他的一番話讓我既氣憤又羞愧。

" 好傢伙，你就會偷窺，我和Nahr全被你看光了。"

" 一開始我的確故意壞妳好事，因為妳忙著開心，但後來卻是被保姆給帶去搞破壞。"

這下子終於解開我心中謎團，當年為了發現Kawthar是怎麼進到上鎖的房間內，我曾安了個攝像頭，錄相顯示孩子進到房內後，有一隻成年人的手把開著的門又關上，原來那隻手正是保姆的手。

"好吧！我承認自己優柔寡斷，執行力不夠，但現在形勢丕變，我一定會完成任務，送小河公主到極樂世界。"

"妳最好是認真的，因為時間不多了，再三心二意，小河公主肯定又要輪迴，没完没了。"

"知道了，問題是現在我要怎麼出去？"

老教授說出去挺容易的，反正門已打開，外頭看守的人也被他搞定，倒是怎麼讓小河公主前來和我見面比較難，因為Mr. Maktoum來軟的，Nahr 明顯想從良。

從良？搞半天我成了壞人？

"我相信Nahr是愛我的，她一定會來見我。"我斬釘截鐵地說。

"那好，妳打給她，要她過來見妳。"

我的手機被没收了，此時老教授遞過來的手機幫了大忙。

號碼撥通後，不知是否我多心，Nahr没有以前熱情。

"妳丈夫在身邊嗎？"我問。

"嗯！"

"那麼妳聽著就好，我在離迪拜一個小時車程遠的地方，我會想辦法回到水晶湖的家中，妳明天一早過來和我見面。"

"不，我不能再傷害……他。"

她的回答像一把匕首插入我心頭，我以為我愛她，她愛我，兩人情比金堅。

"Nahr，我愛妳，妳得見我一面。"

"青青，對不起，我們必須停止這一切。"

即使我苦苦哀求，她還是不願見我，我只好使出殺手鐧。

"Kawthar在我手中，妳不過來就永遠見不到她了。"

"別……妳千萬別傷害她，我明天一早就過去。"

掛上電話，我毫無欣喜之情。

"早告訴過妳，Nahr變心了。"

老教授的事後諸葛只會讓我更加煩躁。

第五十六章/抉擇

我問老教授埋藏在心裏已久的疑問：" 如果我猜的沒錯，Mr. Maktoum應該就是邪惡的力量，對吧？"

" 一開始我也這麼認為，但後來我迷糊了，與其說是邪惡的力量，倒不如說是愛情的力量。Mr. Maktoum很愛Nahr，所以一直跟著她輪迴，從某個角度來看的確是個麻煩，問題是這麻煩還甩不掉，糾纏了數千年之久，也難怪Nahr會受不了而有了二心。"

媽的，這開的什麼玩笑？

" 那......我還要不要拆散他倆？"

" 看妳囉！我反正盡人事聽天命。"

遠遠的，我看到Nahr在我的屋前徘徊，看樣子已等候多時。

" Kawthar呢？" 她看見我，急切地問。

「進來吧！」我開了門，「妳女兒在很安全的地方，毫髮無損。」

進屋後，她淚如雨下地說：「求妳了，別傷害她，妳想要什麼，我盡量滿足妳。」

我想要什麼，她會不清楚嗎？

「Nahr，我想要妳，妳說過只有我能讓妳全身心投入，難道妳忘了？」

「我沒忘，但我不想要我的丈夫失望，他是個好人，大好人。」

「妳不願傷害他，所以捨得傷害我？」

她哭得更加傷心。

我說過我最見不得女人掉眼淚，她們一哭，我徹底沒轍了。

「別哭，」我將她的淚水輕輕劃去，「妳一哭，我要心碎了。」

此時門鈴聲響起，Nahr走過去開門，迎來一個偉岸的男人。

「妳告訴他要和我見面？」我質問我的女人。

她忙向我道歉，表示自己有不得已的苦衷，然後轉向那個男人，急急地說著我聽不懂的阿拉伯語。

「¥&#@*……」那男人答完，Nahr退下，屋內只剩兩人。

「What?」我問。

我的情敵操著一口流利的英語，大意是對我既往不究。

哈哈！我謝了他，同時表明自己深愛Nahr，不希望她受苦。

他義正辭嚴地說我不過愛了她一世，他可是愛了她將近四千年，打從她在草原上放羊起，他便無可救藥地愛上她，如果不是三十歲生日時的那場突發急病，他倆的恩愛生活會更長一些。當Suki（Nahr的第一世名字）病逝後，他也因傷心過度，幾天後便隨她而去，沒想到因此落入輪迴，兩人百轉千迴後總能相遇。為了守護愛人，四千年來他無不傾盡所有，就算當壞人也在所不惜，只為了大限來臨的那一天能共赴死亡之約，接著落入輪迴……

"再過幾個小時便是12月5日了，也就是Nahr的三十歲生日，你打算如何死去？"我問，心想也許能在事情發生之前阻止。

他答不清楚，每一世都有不同的死法。

我把自己的想法告訴他，他不同意，如果極樂世界代表相愛的兩人不能再次相遇，他寧願不要。

" Have you thought about how Nahr feels? Maybe she doesn't want to be reincarnated again." 我問。

他答那麼何不問問Nahr，讓她自己做決定。

Nahr進屋時仍滿面愁容，她老公說了一大段話，像葬禮時的神父在唸悼詞。

"是真的嗎？我已經輪迴近四千年了。"Nahr問我。

"這個我也不清楚，我是中途加入的，不過顯然妳也沒多愛那個男人，否則也不會與我糾纏了這麼多年。"

我承認這麼說有使壞的成份在。

Nahr懵了。

能不懵嗎？這件事擱誰身上都很匪夷所思。

"我……我不知道該如何抉擇。"她說。

"我了解妳的難處，但時間不多了。"我轉向Nahr的老公，"The time is limited."

我的意思不過是提醒當事人快下決定，卻給Mr. Maktoum再次表白的機會，他隨即向Nahr下跪，那對深情的眼眸，我見亦猶憐。

眼看情勢對我很不利，我不得不敲醒夢中人："Nahr，妳考慮清楚了，心別太軟。"

我以為她會考慮得更久一些，結果這個無腦女人馬上拉起自己的老公，然後投入他的懷抱。

So？這就是她的決定？我竟然被甩了？

等了幾秒鐘，這個女人才想起我，走過來給我一個擁抱。

"青青，我愛過妳。"她在我耳邊低語。

老實說，當那兩口子離去時，我像吃了一斤的酸棗。

"任務還是失敗了，對嗎？"老教授忽然現身，不無遺憾地説。

"看樣子是失敗了，更失敗的是Nahr竟然選擇別人，我……失戀了。"

"不管她選擇什麼，也就一天的差異，終歸一死。"

這老頭子完全不懂年輕人的想法，一天的差距就足以摧毀我那無以倫比的自信心（我一向自詡萬人迷，從來沒在女人堆裏敗下陣來）。

"你說的没錯，每個人終歸一死，早死和晚死的差別而已，只是我很好奇他們會如何死去。"我說。

老教授答他更好奇那對夫妻發現自己的女兒又回來了，會是怎樣的心情。

"對呀！"我大夢初醒，"Kawthar怎麼還在此？那一男一女也真是的，竟然忘了自己的寶貝女兒，有這麼當父母的嗎？"

"哎！妳還是沒聽懂我說的，我的意思是我即將退出，讓真正的Kawthar回來。"

"這……這……什麼時候的事？"

"現在。"

"現在？"我的思緒亂如麻，"我該怎麼做？"

老教授答什麼都不用做，坦然接受即將發生的一切即可。

我伸出手和他握了握，算是替這趟奇異的旅程畫下句號。

"妳難道不好奇他倆的下一個輪迴會去哪裏？"

我本來不好奇，經他這麼一提，我反倒好奇了。

"哪裏？"我問。

"中國江南一帶。"

哇！竟然就在我的家鄉附近。

"好吧！如果有緣，興許還能再見面。"

"#%€$&......"眼前的小女孩突然奶聲奶氣地說著阿拉伯話，樣子像是迷了路。

乖乖，這個老教授說走就走，連道別的話都沒說。

"別擔心，我會帶妳回家。"我對小女孩說，甭管她聽不聽得懂普通話。

第五十七章/胎記（完結篇）

聽說那場精心籌備的生日派對辦得轟轟烈烈，許多政商名流都參加了。我雖刻意缺席，但隱約知道傳言不假，因為當晚燃放的煙花照亮了整個迪拜城，宛如國慶慶典或跨年晚會。

當噩耗傳來時，已是好幾天以後的事。

"妳為什麼不嫌麻煩地親自登門告訴我？"我問，連門都不讓她進。

"我以為妳想知道，再告訴妳，Kawthar已經被親戚收養，我也丟了工作。近日我會飛回泰國，打算休息一陣子再說。"

我祝她一路順風。

保姆接著把一張銀行卡交給我，說："忘了還妳。"

"没事，反正我已申請遺失。"

她幾度欲言又止，最後還是把話吞下，走了。

我有多張銀行卡，房產也多到數不清，金錢對我來說向來只是一堆數字而已，然而凡事都得有個度，這個保姆實在太不見外了，幾天下來取走好幾十萬迪拉姆，我不得不喊停。

還好她算有良心，臨走前免費提供了第一手資料，讓我知道那對鴛鴦的死因。

原來由於工作人員的疏忽，最後一批被點燃的煙花直接射向陽台，把依偎著的男女主人當場炸飛，站在一旁的女兒倒是沒事。

"没想到是這個死法，希望没給Kawthar帶來太大的心理創傷。"我心想。

～

多年以後，我回到家鄉做公益，內容五花八門，其中最受人矚目的是我辦了一個大型的動物收容所，同時開放給群眾領養（我的長耳朵柯基死了，這是我能為它做的最有意義的事）。

這一天，收容所來了母女二人，她們打算收養一隻狗。

實話告訴你，每天上收容所的"愛心人士"真不少，通常情況下我是不會出面的，自有工作人員（我父母、暖暖以及她的黑馬王子）會去處理，但今天不一樣，彷彿有一根線牽引著我前去一探究竟。到了現場，我發現來者是洋人。

" Have you chosen the dog you want ？" 我問那個身材略為矮小的女人。

" Not yet. Lisa is still choosing." 她答。

叫Lisa的小女孩此時背對著我，她有棕褐色的長髮，約四、五歲的樣子。

" Dear, which dog do you want?" 孩子的母親問。

那孩子指向一隻拉布拉多幼犬，然後轉過身來，我因此看到一雙攝人的藍眼珠，幾年前我也曾經擁有過。

"You're here." 小女孩忽然對我說。

"Yes." 我答。

她的母親很驚訝，問我們是否認識？我們同時否認。

我彎腰把小拉布拉多從籠子裏抱出來，交到Lisa手裏，同時叮囑她要好好照顧小狗。

小女孩向我道謝完畢，轉身就要離開，我忙叫住她。

"What?" 她問。

我之所以叫住她是因為發現狗的臀部有個胎記。

"Never mind. See you." 我說。

她揮了揮手，樣子可愛極了。

回到辦公室，我挺茫然的，就是那種不知自己做對還是做錯的感覺，尤其任務失敗，注定我得跟著小河公主一起輪迴轉世，没完没了。

"哎！" 我大嘆一口氣，接著把腰帶夾層裏的東西取出來，這個不比真正橄欖大多少的玉勒子讓我更加迷茫。

我邊轉動它邊思考，漸漸的，腦海裏的主意越來越清晰。

"這大概是我做過最瘋狂也最自私的事。" 我喃喃道，然後一仰頭，玉勒子順著我的咽喉滑進肚裏去。

《完結》

【看不夠嗎？B杜的《情迷摩納哥》正等著您，以下是前三章，先睹為快。】

《情迷摩納哥》

第一章/幸福的Bruce

今天是我母親大喜的日子，她和一個禿了頂的摩納哥男人結婚，這是她的頭婚，我不知該哭還是該笑，最後我決定當一個心智成熟的女人，微笑著送上自己的祝福。

"橙橙，妳繼父是個好人，他幫妳找到賭場發牌員的工作。"

摩納哥是世界第二小的國家（僅大於梵蒂岡），經濟上主要依賴博彩、旅遊、商業和金融業。由於免徵稅收的政策，吸引了大批的有錢人，推高了房價，加上全球排名第一的個人年均收入，使它成為世界上沒有窮人的地方（別誤會，摩納哥當然也有低收入者，但大多由外來的法國人和意大利人所承包，等於摩納哥的"窮"被這兩個國家給接收了）。

我繼父介紹的工作，月工資能有六千多歐元，看似不壞，但在個人年均收入達到十五萬歐元的國家裏，六千多的月工資無疑是難堪的，何況我的夢想不是發牌。

"媽，替我謝謝Bruce，我喜歡目前的工作，沒有換工作的打算。"

我在法國尼斯的農業信貸銀行擔任櫃員的工作，朝十晚五，週末及節假日休息。雖然賺的沒有摩納哥的賭場發牌員多，但這裏的消費和房租都不高，每個月我還能存下一些錢，所以沒必要做天翻地覆的改變。

"也好，那麼哪天妳來看看我和Bruce，我們的家在山上，看得到海景。"母親說。

熟悉摩納哥的人都知道這個國家三面環山，一面靠海，所以"家在山上，看得到海景"是標配，沒什麼大不了的，何況Bruce只是個碼頭管理員，不屬於高收入人群，我對這個"家"不能有太大的期待。

"好，哪天有空的話。"我答。

母親整理一下我的衣領，我倆盡在不言中。

我不愛談過去事，那是因為苦多於甜，一個從小就父不詳的孩子能有多快樂？我若問起親生父親，母親的答案從來沒變過。

"他姓梅，梅花的梅，喜歡橙色，這也是妳名字的由來。"她說。

因為這個與父親相關的名字，我喜歡上所有橙色的東西，連食物也挑橙色的吃（好比南瓜、芒果、胡蘿蔔、紅薯等），我甚至還一度擁有一隻橘貓……似乎通過這些，我能與那個賜予我生命的男人更靠近一些，即使他的影像在我的腦海裏已經模糊得不能再模糊。

談起母親，她是所謂的戀愛腦兼"渣男收割機"，在我之前不知有多少個哥哥姐姐無緣出生。也不知是幸還是不幸，當我被發現時已經五個月大，醫生說打胎很危險，加上那時母親已經三十好幾，再不生很可能就要當高齡產婦，這才勉為其難地生下我。不過她還算是合格的母親，至少沒讓我挨餓受凍過，只是她更換男人的頻率過高，讓我很心煩，還好高中起我便住校，來個"眼不見為淨"，後來留學法國更是"天高皇帝遠"。萬萬沒想到這樣平靜的生活才過上幾年，她又扔給我重磅炸彈，讓我有了名義上的父親，他們的"婚房"甚至離我的居住地不到一個小時的車程。

就這樣，我們母女倆又被命運這條神秘的繩索給拴在一起。

～

母親的婚禮很簡單，就是到民政部門登記一下，然後找家餐廳吃個飯便算完事。

"媽，儀式還是要有，否則回憶起來很蒼白。"我曾對她說。

"哎！Bruce不喜歡熱鬧，再說了，這個年紀圖的是找個伴兒，那些繁文縟節，能省則省吧！"母親辯解。

我也注意到新郎倌是個很木訥的人，不過我猜母親之所以妥協是因為花費太過昂貴。在摩納哥舉辦一場像樣的婚禮可以買下一輛奧迪A8L，與其打腫臉充胖子，倒不如把錢花在刀口上，譬如到鄰近相對便宜的國家度蜜月或租一個更大的住所（據我所知，他們的"婚房"很迷你，一個人住還算寬敞，兩個人住就稍嫌擁擠了些）。

見證完母親的婚禮後，我坐火車回到尼斯，繼續過我那歲月靜好的小日子。

尼斯的年輕人多半租住在公寓，我不一樣，租的是鄉間小屋，位置偏了點兒，好處是不用擔心鄰居會聯名抗議我的琴聲打擾到他們的日常作息。這點很重要，因為我很喜歡彈鋼琴，每當徜徉在音樂的國度裏，我才感覺自己不孤獨，忽略現實生活中的我過得不甚如意，上一個男朋友還是大二的時候交的，現在的我已經單了有三年之久。

～

幾個月之後的某天，母親打來電話告訴我賭場發牌員的工作挺輕鬆愉快，賭贏的人經常會給小費，她的理想是調到包間替VIP客人服務，那裏的小費更多。

原來被我拒絕的發牌員工作後來讓母親給頂替上了。

"Bruce怎麼說？"我問。

"他說挺好的，兩份收入能提高生活的質量。再告訴妳，我們打算聖誕假期到西班牙度假，Bruce說那裏的物價低，我們可以豪擲千金。"

"你們還是用翻譯軟件交談嗎？"

"一半一半，大概再過個兩、三年我便可以自力更生了。"

這個回答讓我很忐忑，Bruce是她的眾多男友中顏質最低的，莫非她想騎驢找馬？

母親答那也不無可能，愛情一旦味同嚼蠟，就沒必要再繼續。

"那幹嘛結婚？單著豈不是更好？"我問。

"不結婚怎麼長期留在摩納哥？還有，我的歲數不小，英語和法語也不行，人家幹嘛僱用我？無非看在我是當地人配偶的份上。實話說，這個國家還挺照顧自己人，平白得到了許多社會福利，如果早兩年嫁過來，我就多生幾個，不僅教育費和奶粉錢全免，還有生育獎勵呢！"

咦！那個"今朝有酒今朝醉"的人哪裏去了？突然變得如此"務實"，倒讓我感覺陌生。

我曾想過如果自己的母親不是一名享樂主義者，我應該不致於那麼缺乏安全感，那些趕在最後一刻才交上房租或學費的夢魘，我再也不想經歷。

"隨便妳，妳覺得幸福就好。"我說。

"當然幸福囉！在我的調教下，Bruce不僅每天送我花，還包辦全部的家務。"

我感到悲哀，繼父還沒察覺到自己的枕邊人喜歡刺激和小驚喜，一旦後繼無力，他極可能重回王老五的隊伍裏。

"我希望Bruce也感覺幸福，並且一直幸福下去。"我喃喃道
。

第二章/母親的心思

下午五點，銀行關上大門對賬，無非點錢、打印流水、整理現金庫存、勾流水、清保險櫃、送箱上運鈔車⋯⋯等，最後再清理桌面便大功告成。此時，基本已經六、七點鐘，還趕得上購買超市的打折麵包。

也就是說今天和別的日子比起來沒有什麼不同。

直到走出銀行，我才發現今天還是有不一樣的地方，好比同事們正討論著下禮拜的培訓，而我沒有收到通知。

"不會的，妳已經通過試用期，雖然上司有點兒瞧不起亞洲人，但不致於裁了妳。如果裁掉妳，那些法語不流利的中國人找誰開戶去？"我安慰自己。

然而我還是太高估自己的不可替代性，那個黑人上司（天哪！他也是有色人種，憑什麼看不起我？）隔天找我喝茶，兜了一圈後表示失去我很可惜，希望以後還有共事的機會。

這算什麼？捅人一刀再摸摸頭，我可不是三歲小孩！

我告訴他，自己最近得了個在摩納哥工作的機會，正舉棋不定，謝謝他幫我下了決定。

那名老黑立刻問我得了什麼樣的工作？我答在對沖基金裏擔任高級助理一職，月薪一萬二，公司還提供面海公寓一套。

一萬二歐元的月薪是銀行經理撐死了也無法企及的高度。

他欲言又止，最後祝我好運！

~

没了工作，我像個遊魂似的，如果不是有琴聲相伴，自己大概早跳河了。

河雖然没跳成，但房東的幾次催繳還是讓我抓狂。迫不得已，我將生活用度降到最低，一天只吃一頓，可惜依然救不了自己，我不得不賣掉心愛的鋼琴以解燃眉之急，但杯水車薪，結局依舊是悲劇收場。

我不是没找過工作，那些"再怎麼也能上餐廳端盤子"的言論是站著說話不腰疼。餐廳向來優先僱用有經驗者，往往廣告一貼出來，立馬有人頂上，一個没經驗的黃種人想勝出，談何容易？

~

母親的婚房在山上，有海景，只是這海景像油畫一般大小，因為前方被一棟高層給遮擋住。

"橙橙，妳暫時在客廳睡下，等賭場一有消息再搬出去住。"母親對我說。

這段話的解讀是：

1、這屋小，没有多餘的房間。

2、母親認定我找不到賭場以外的工作。

3、別想啃老。

我在洋人世界裏翻滾了幾年，知道他們有一說一、界限分明的思維，但我以為自己的母親不一樣，她會敞開雙手擁抱我這個落難女兒……

哎！這大概是我成年以來少有的天真吧？！

"行，現在是工作挑我，不是我挑工作，一旦找到工作，我立馬搬出去，因為我也想蓬頭垢面地在自己的生活空間裏到處走動。"我答。

Bruce不明白我們母女倆在談論什麼，對我的突然到訪也一頭霧水，但他沒有表現出不悅，反而提議明天帶我參觀碼頭，那裏停泊了世界上最豪華且昂貴的遊艇。

我告訴他遊艇可以晚點兒看，現在我擔心自己的簽證問題。我有法國的長居簽證（一年一簽），來到摩納哥後，不知能待多久，還有，能不能工作？

他答有法國長居簽證就一切ok了，不然那些繁重的碼頭工作該找誰做？

這個回答怪怪的，但意思我懂。既然解決了棘手問題，我當下便答應明天之約。

母親知道我要去看遊艇（我翻譯給她聽，因為她的法語連幼兒園的程度都達不到），立馬表示她明天上班，去不了。

"沒關係，有Bruce在，不會有任何問題。"我答。

母親躊躇了一會兒，要我看完遊艇去找她，她會在蒙特卡洛大賭場的門口等我，同時叮嚀我千萬別一個人闖入，賭場門票要價10歐元，她帶我進去不花錢。

"好。"我答。

～

我的繼父是個好人，對我和顏悅色，不僅告訴我很多有關碼頭的知識，還幫我拍照，背景是那一艘艘造價不菲的遊艇。

看完"別人家的東西"，Bruce提議和我一起吃中飯。我告訴他，母親約我在賭場見面，他隨即流露出失望的表情，於是我約他明天再一起吃飯，我請客！

我的想法很簡單，我是來"蹭睡"的客人，先"巴結"一下屋主，有利無害。

Bruce很開心，他說明天他會穿正裝。

對比目前他穿的"工作服"，我猜想開玩笑的成份居多，於是我回覆我會穿迷你短裙。

没想到全球最奢華的賭場，外觀竟然如此典雅，如果不是看到Casino的字樣，我還以為來到了歌劇院。

我給母親發短信，不到十分鐘的時間，她出現了，長袖白襯衫加黑馬甲，看起來很有賭場工作人員的派頭。

"吃飯了沒？"母親問我。

"没。"

"賭場內的東西貴，我先帶妳參觀一下再出去吃。"

"好。"

這個賭場光看外表絕對猜不到裏面會這麼富麗堂皇，瞧！鑽石水晶燈、華麗地毯、精緻浮雕、大型油畫、古樸而典雅的桌椅和吧台……難怪全世界的富豪們都想來此一擲千金。

"想不想在這裏工作？"母親帶著炫耀且篤定的口吻問。

我其實不想，這裏有紙醉金迷的腐敗氣息（那是"多金"的另一種說法），但為了討好母親，我給予肯定的答覆。

"想就好，如果没本事吊金龜婿，就得先伏低，等待機會再出擊。"母親說。

～

我以為非常時期母親會節約一點兒，没想到她帶我來到一個宛如宮殿的地方吃飯，現場還有鋼琴演奏。

"媽，妳應該把制服脫了，這種地方很講究穿著。"我壓低聲音說。

"如果脫掉制服還得給證明，麻煩死了！"

後來我才知道摩納哥政府規定每家餐廳都要提供平價的工作日午市套餐給上班族食用，人均消費在15-20歐元左右。

這個價格也太親民了！

我們邊吃法國南部菜餚邊閒聊，很快我便發現話題圍著我的工作打轉。

"賭場目前不缺人，如果真没有，掃大街的工作也可以做，反正只是暫時的。"母親說。

"是可以做，但收入恐怕租不起房。"

"也對，這可怎麼辦？"

此時電影《天堂電影院》的鋼琴主題曲傳來，恬淡中帶點兒憂傷，我瞬間沉迷其中。

"其實她彈得没有妳好。"母親說。

"妳總算給出公正的評價。"

"也許妳可以試試。"

我問試什麼？她答彈琴呀！

"可是……"

"没什麼可是，待會兒買完單就問問，問又不會少塊肉。"

結果這一問還真問出了名堂，餐廳經理說晚班的鋼琴手下個月不來了，如果我測試通過，即刻頂上。

"太好了，橙橙，這頓飯沒白吃，看來妳很快就能搬出去住了。"母親興高采烈地說。

第三章/隔閡

隔天我如約來到碼頭，Bruce竟然換上正兒八經的西裝，還打上阿瑪尼的領帶。

我讚美他的服裝，他問我的迷你短裙呢？我一笑而過。

在餐廳裏，繼父的表現與母親不同，他跳過那些平價的午市套餐，直接點貴的吃。

我心中大呼不妙，尤其他還要了一扎的現榨果汁（高級餐廳的純果汁不便宜，價格甚至高過主菜）。

席間，他一改木訥的個性，侃侃而談，但多半是冷笑話或尷聊，害我的胃隱隱作痛。

" Ca va?" 他問。

我答沒什麼，胃不好，老毛病了。

Bruce接著問我有沒有男友？當得知上一任男友是三年多以前的事，他說這就是癥結所在，因為我還在想念男友，所以疾病纏身。

我迷糊了，這是什麼意思？

他答没什麼，一時興起開的玩笑，別當真，接著他招手要來賬單。

我說我請，他要我幫幫忙，別讓他下不了台。

他贏了，主因是我的銀行卡裏只有五百歐元，付完這一餐大概只剩零頭，我總不能開口向母親借錢吧？！

由於Bruce下午還要上班，道別前他問我今日有何計劃？

我答和一家法式餐廳約了見面，經理讓我下午三點到四點彈琴給他聽。如果通過了，下個月開始上班，工作時間是晚上八點到十點的黃金時段。

他問我十點過後呢？

十點過後當然回家囉！這有疑問嗎？

Bruce聽完笑了笑，然後揮手跟我說：" Au revoir."

餐廳經理說我想彈什麼，請隨意。

我的目光橫掃了一下，此時餐廳內只有兩桌客人，一桌貌似情侶，另一桌是個戴眼鏡的老先生，從氣質看，像個教授。

這個發現給了我靈感，我選擇彈浪漫曲和古典樂曲，不同的曲風交叉出現，銜接得天衣無縫。

當我彈完巴赫的《G弦上的詠嘆調》時，服務員遞過來一張小紙條，上面寫著李斯特的《瑪麗圓舞曲》。

這是一首偏冷門的曲子，我已經很久沒彈了，加上帶來應急的琴譜裏沒有這一首，我緊張得兩腿打顫。

還好靈光一閃讓我有了主意，在紙條上寫下今天没準備這首曲子，很是抱歉，為了彌補遺憾，我將獻上李斯特的另一首圓舞曲，歡迎客人明天同一時間再度光臨，我會奉上他想听的《瑪麗圓舞曲》。

當《魔鬼圓舞曲》的最後一個琴鍵按下時，我聽到熱烈的掌聲，它來自餐廳經理，我知道我已經得到這份工作。

~

回到山上的小公寓，Bruce正在廚房忙碌。

我問Pauline（這是母親的法文兼英文名）呢？他答還沒下班，太好了，不是嗎？

太好了？這是什麼意思？

等我換上家居服，我媽回來了，一臉怒氣。

"今天的客人普遍小氣，我總共只得了不到五十歐元的小費。"她說。

"不錯了，今天Bruce只給餐廳服務員5歐元。"

"餐廳？Bruce?妳跟他吃飯去了？"母親問，眼露凶光。

Bruce聽到自己的名字，再看到風雨欲來之勢，趕緊聲明自己中午跟同事吃飯去，給了5歐元的小費……

我媽的法語不好，聽得一愣一愣的，我只好充當翻譯。

她緊張的表情卸下，接著向我解釋吃飯和賭博的性質不同，Bruce經常去的餐廳，給5歐元還嫌多；她不一樣，工作地點是高級場所，給那樣的小費簡直丟人！

我安慰她也不是每個客人都小氣，她不也曾一次得到兩百多的記錄？

母親笑顏逐開地重提往事，連客人當天所穿的衣服彷彿都歷歷在目。

趁她在興頭上，我不介意喜上加喜，分別用普通話和法語宣佈喜訊。

Bruce聽說我找到工作，高興地過來給我一個擁抱，倒是母親比較謹慎，她問我餐廳準備給多少？我答一個小時五十歐元，一個晚上就有一百，有時客人還會給小費。

"這擺明了欺負人，培養一個鋼琴家多不容易，起碼時薪得匹配得上才行。"

我告訴她，我不是鋼琴家，頂多只能算是音樂愛好者，這樣的薪水已經很令人滿意。

"滿意？就算天天上班、天天有客人打賞，妳租得起房嗎？"她問。

這倒是實話。

母親說既然這樣，若有掃大街的工作不妨拿下，兩份收入應該能租下一個還不算太壞的房間。

"房間？我才不想跟人合租。"我說。

"妳現在不也是合租狀態？再說，夜晚Bruce進進出出的，多不方便。"

我被當頭一棒，沒料到母親連我也防著。

Bruce再度聽到自己的名字如臨大敵，重申中午和同事吃飯一事。

我受夠了謊言和母親的疑神疑鬼，沒做翻譯工作便甩門而出。

我在摩納哥街頭步行，爬上爬下的，好不辛苦，誰讓這個國家的地勢不平坦，不是階梯就是坡道，害我氣喘吁吁的。

不過"運動"過後也有好處，出汗幫我排解了心中鬱悶，我不再鑽牛角尖，並且試圖去理解母親。

"這是她的頭婚，她當然想維繫，何況我已成年，和Bruce又沒有血緣關係，她考慮得多也是人之常情。"我心想。

"嘟⋯⋯嘟嘟⋯⋯"是母親的來電，她問我在哪裏？

我答在聖馬丁花園的入口處。

"妳待在那裏別動，我和Bruce這就過去接妳。"她說。

掛上手機，我感到欣慰，母親還是在乎我的，不是嗎？

作者介紹

在異國的背景下加入纏綿悱惻的愛情故事是B杜小說的一大特點，她的文筆清新、筆觸詼諧、畫面感很強，讀完小說有種看完一部愛情偶像劇的感覺，特別適合懷春少女及對愛情有憧憬的女性閱讀。

另外，B杜還創作了馬力歷險記、極短篇故事集等作品，歡迎關注。

Also by B杜

《迪拜公主的秘密情人》（简体字）Love in Dubai
(simplified character version)

~

《東瀛之愛》Love in Japan

《法蘭西情人》Love in France

《英倫玫瑰》Love in England

《愛在暹羅》Love in Thailand

《情定布拉格》Love in Prague

《獅城情緣》Love in Singapore

《愛上比佛利》Love in Beverly Hills

《新西蘭之戀》Love in New Zealand

《夢回楓葉國》Love in Canada

《早安，歐巴》Love in Korea

《情迷摩納哥》 Love in Monaco

《我在蘇黎世等風也等你》Love in Switzerland

《米蘭假期》Love in Milan

《馬力歷險記 1 之地球軸心)》The Adventures of Ma Li (1):
The Time Axis

《馬力歷險記 2 之黃金國》 The Adventures of Ma Li (2):
Eldorado

《馬力歷險記 3 之可可島寶藏》 The Adventures of Ma Li (3):
The Treasure of Cocos Island

《B杜極短篇故事集 (1～100)》A Word to the Wise (Tales
1～100)

《B杜極短篇故事集 (101～200)》A Word to the Wise (Tales
101～200)

《B杜極短篇故事集 (201～300)》A Word to the Wise (Tales
201～300)

www.ingramcontent.com/pod-product-compliance
Lightning Source LLC
Chambersburg PA
CBHW060804190726
48285CB00002B/541